FERRUGEM

MARCELO MOUTINHO

FERRUGEM

1ª edição

EDITORA RECORD
RIO DE JANEIRO • SÃO PAULO
2017

CIP-BRASIL. CATALOGAÇÃO NA PUBLICAÇÃO
SINDICATO NACIONAL DOS EDITORES DE LIVROS, RJ

Moutinho, Marcelo

M893f   Ferrugem / Marcelo Moutinho. – 1ª ed. – Rio de Janeiro: Record, 2017.

ISBN 978-85-01-10822-7

1. Conto brasileiro. I. Título.

CDD: 869.3

16-37169   CDU: 821.134.3(81)-3

Copyright © Marcelo Moutinho, 2017

Todos os direitos reservados. Proibida a reprodução, armazenamento ou transmissão de partes deste livro, através de quaisquer meios, sem prévia autorização por escrito.

Texto revisado segundo o novo Acordo Ortográfico da Língua Portuguesa.

Direitos exclusivos desta edição reservados pela
EDITORA RECORD LTDA.
Rua Argentina, 171 – Rio de Janeiro, RJ – 20921-380 – Tel.: (21) 2585-2000.

Impresso no Brasil

ISBN 978-85-01-10822-7

Seja um leitor preferencial Record.
Cadastre-se em www.record.com.br e receba
informações sobre nossos lançamentos e nossas promoções.

EDITORA AFILIADA

Atendimento e venda direta ao leitor:
mdireto@record.com.br ou (21) 2585-2002.

Para a Lia, que tornou tudo mais bonito.

"En todos los caminos se ha perdido una estrella"

Vicente Huidobro

"E possa enfim o ferro
Comer a ferrugem"

João Cabral de Melo Neto

Sumário

1.	Xodó	11
2.	362	21
3.	Gandula	35
4.	As praias desertas	49
5.	Caiu uma estrela na minha sala	59
6.	Something	65
7.	Rei	77
8.	Nomes de Deus	93
9.	Jantar a dois	103
10.	Domingo no Maracanã	109
11.	Sauna	125
12.	Três apitos	133
13.	Dezembros	149

Xodó

ELE SE MANTINHA de bruços, o short não de todo arriado, mas eu podia enxergar o corte que rasga a parte inferior das costas, formando duas bandas onduladas. A nesga vermelha da cueca — aquela mesma que a mamãe já pedira muitas vezes que ele jogasse fora — contrastava com o tecido preto do calção e a pele alvíssima. O que eu não conseguia definir, na perspectiva da fresta da porta, era o que estava sob o corpo dele, que se mexia, os movimentos concentrados entre as pernas e o tronco.

Esperei que terminasse o que fazia. Quando se levantou, fui por alguns instantes até o banheiro, para que ele saísse do quarto sem saber que o observara. Assim que deixou o cômodo, voltei. Lá estava ela, na mesma posição, os cabelos loiros um pouco desgrenhados, uma perna para o alto, a outra para baixo: minha boneca Xodó.

Mamãe me deu de presente quando completei seis anos. Na embalagem de papelão, o nome oficial — "Meu Xodó" — vinha escrito em enormes letras cor-de-rosa. Ela era maior do que um bebê de verdade e tinha um mecanismo que, naquela época, impressionava todas as minhas amigas. Quando a gente tirava a chupeta, falava "Apague a luz, estou com sono". Ficava repetindo a frase até que a boca fosse tapada novamente.

Xodó logo se tornou minha predileta — e olha que eu não tinha poucas bonecas. Umas vinte, mais ou menos. Mas havia cinco entre elas que eram diferentes. Costumava chamá-las de filhas. Significava algo como um afeto preferencial, embora ainda não soubesse dizer isso com palavras tão pomposas.

Naquele dia, não entendi por que o Rodrigo entrou no meu quarto e se deitou sobre a Xodó. Achei melhor não perguntar.

*

Não se passou um mês até que aconteceu de novo. Voltara mais cedo do curso de inglês, porque a professora havia passado mal, e encontrei a porta do quarto fechada. Pensei que a mamãe talvez estivesse usando minha TV, já que era dia de a Dona Sônia limpar a casa, e bati na porta, como a vovó me ensinou.

— Espera!

Era uma voz masculina, de garoto. A voz do meu irmão.

— O que você tá fazendo aí? — perguntei, invocada.

— Espera! — ele insistiu.

Já dentro do quarto, vi o Rodrigo tentando colocar a Xodó na estante das bonecas.

Tinha mesmo percebido que, volta e meia, ela mudava de posição. Até porque eu sempre fui organizada, e arrumava minhas filhas na estante por ordem de idade. A Xodó era a caçula, então ficava na ponta esquerda da prateleira.

Uma vez encontrei a Xodó na banda oposta da estante, bem à direita. Em outro dia, ela foi parar no colo da Tininha. Tudo errado. No entanto era bom imaginar que a Xodó na verdade esperava que eu dormisse, ou fosse à escola, para caminhar pelo quarto, brincando com as quatro irmãs. E que, na pressa de deixar as coisas de acordo com a arrumação anterior, acabava errando sua posição na prateleira.

Mas imaginação é como sonho, só que a gente está acordado, não dura quase nada. E de pronto entendi que o responsável pela bagunça na estante era o Rodrigo, mesmo. Que era ele quem pegava a Xodó e não botava no lugar. Fui contar para a mamãe.

*

QUEM NÃO GOSTOU nada dessa história do Rodrigo com a Xodó foi o papai. Eu não ouvi a bronca, porque ele se trancou com meu irmão no escritório e os dois ficaram quase uma hora lá. Mamãe contou que eles tiveram uma conversa de homem para homem. O papai proibiu o Rodrigo de encostar nas minhas bonecas — nem um dedinho, ele ordenou — e avisou que menino tem que brincar é de jogar futebol e videogame. Que menino que brinca com boneca não dá coisa boa no futuro.

Confesso que fiquei com um pouco de pena do Rodrigo. Depois da reprimenda, ele ficou calado por vários dias. Mesmo quando o Fábio tocava lá em casa — e olha que o Fábio era o seu melhor amigo —, o Rodrigo dizia que não, não podia sair, que tinha que estudar para a prova. E a gente estava de férias.

A Xodó também parece ter sofrido com a confusão, porque ficou por semanas sem sair de seu lugar na estante. Ela continuava dormindo comigo noite após noite, com o silêncio garantido pela chupeta devidamente colocada na boca. Mas parou de brincar com as irmãs.

*

Quando acabaram as férias, todo mundo lá em casa já havia esquecido essa história. O Rodrigo voltou a sair com o Fábio e com os outros bobocas dos amigos dele, que adoravam implicar comigo. A família das bonecas tinha aumentado: a caçula passou a ser a Chuquinha, que, além de falar, vinha com patins. Ela tomou o lugar da Xodó na estante.

Papai e mamãe viajaram logo na segunda semana de aulas. A tia Neia estava passando uns dias lá em casa, para tomar conta da gente e nos levar ao colégio. Eu adorava a tia Neia. No sábado, ela perguntou se eu queria ir à loteria, porque o prêmio havia acumulado e era a chance de ficar rica de uma vez. "Seu irmão já tá bem crescidinho e pode se virar sozinho em casa."

Não demoramos. A fila na loteria andou rápido, e em menos de vinte minutos estávamos de volta.

Como a tia Neia levou a chave, não foi necessário tocar a campainha. Entramos direto, e eu corri para o quarto, porque queria contar para a Chuquinha e suas irmãs que a gente ia ganhar muito dinheiro, mudar para uma casa maior e viajar para a Disney.

A porta estava escancarada e entrei em passos ligeiros, flagrando a cena: Rodrigo estava nu, na minha cama, com a Xodó. Esfregava-se nela, tão envolvido num abraço que não notou minha chegada.

Ela, também sem sua roupa, insistia "Apague a luz, estou com sono", "Apague a luz, estou com sono", "Apague a luz, estou com sono", mas o Rodrigo não ligava. Meu irmão já estava grande, quase do tamanho do papai, e, com os olhos fechados, roçava o corpo contra a pequenininha da Xodó, como se quisesse levá-la para dentro dele, esmagar com a barriga até que ela desaparecesse. As mãos e as pernas friccionavam o lençol com uma intensidade que aumentava na medida da respiração. Ele parecia puxar o oxigênio só com a boca, soprando o ar para fora com força, e os movimentos também foram ficando mais rápidos, e mais rápidos, até que simplesmente pararam.

Ainda de olhos fechados, Rodrigo saiu de cima da Xodó e se deitou ao seu lado.

Eu, paralisada, apenas olhava.

Não sei quantos minutos se passaram até que ele enfim abriu os olhos e me viu.

— Calma, eu já explico. Não conta nada para o papai — pediu, entre assustado e sonolento.

Pensei em chamar a tia Neia, mas o Rodrigo saltou da cama e me abraçou. Não havia ameaça ou raiva naquele abraço, mas uma candura que eu desconhecia.

— Não conta nada, por favor. Eu te dou a minha parte da mesada. Eu deixo você comer o peito do frango. Eu faço o que você quiser.

Me deu vontade de chorar. Estava confusa, e preocupada com a Xodó.

Fui até a cama — ele, atrás de mim, repetia "não conta, não conta" — e, ao pegá-la no colo, a perna direita da Xodó se soltou.

— Desculpa, eu não queria...

Catei a perna no chão e tentei encaixá-la.

— Eu conserto, pode deixar.

Ele tinha quebrado a minha boneca.

Triste e com a consciência pesada — talvez fosse minha culpa, por dar tanta atenção à Chuquinha —, colei a Xodó ao meu peito e falei que ela ia ficar boa, que eu ia cuidar de tudo, que não se preocupasse.

Foi quando senti que, em seu corpo, havia um líquido viscoso, gelado.

— É meu — e Rodrigo disse que era coisa de garoto quando ficava adulto, que nem a mamãe falou que acontece com as meninas quando elas começam a sangrar uma vez por mês.

— Pode deixar que eu limpo. E conserto a perna dela.

Mamãe realmente comentou desse sangue, mas não havia dito nada sobre líquidos que saem dos garotos quando crescem.

— Está aqui a toalha. Passei água e sabão. Vira ela pra mim e segura firme. Não conta nada, tá?

Enquanto eu a segurava, e o Rodrigo bulia a toalha úmida, ele jurou que nunca mais brincaria com a Xodó, e eu prometi que não ia mesmo contar. Nosso primeiro pacto de adultos.

362

TROCADORA é o cacete. Não troco dinheiro. Sou é cobradora. Já falei isso mil vezes, mas passageiro é burro. Mete um troço na cabeça e não tira por nada. Burro. Tem um ou outro que até sabe, fecha com o certo, mas fala errado só para me sacanear. Eu ensino. Chega na próxima viagem, fala de novo. De safadeza mesmo.

— Conceição, por que você implica tanto com essa bobagem? — me perguntou o Custódio.

Não é implicância, só quero que o meu trabalho seja reconhecido direito. Sou cobradora faz quinze anos. Tenho ficha limpa na empresa, nunca faltei por bobeira, nunca errei um troco. Respeito é bom e eu gosto.

O Custódio me respeita. Aprendeu que o certo é cobradora e nunca mais errou. Ainda se preocupa em ensinar para os outros passageiros. Tenta ensinar. Mas passageiro é tudo burro.

Conheci o Custódio aqui no 362. A linha vai da Praça XV a Honório Gurgel. Meu expediente começa de manhã cedo. Todo dia o Custódio pega o ônibus no ponto da Mem de Sá, mais ou menos em frente à Casa da Cachaça. É uma sujeira só aquele ponto. Os garotos ficam bebendo até tarde e deixam copo sujo, garrafa vazia, até pedaço de cadeira eu já vi.

Dá pena o Custódio no meio daquela melecada. Ele está sempre bem-apanhado. Calça social, camisa para dentro, gravata. Sempre limpo, cheiroso, perfume bom. E aquele bigode perfeitamente aparado, tenho um fraco por homem de bigode. Se eu fosse mais nova, não escapava. É meu tipo.

Quando o lugar está vazio, ele senta no último banco. Uma vez me contou que gosta de observar o ônibus todo, o que as pessoas fazem. Um lê o jornal, outros ouvem música em seus aparelhinhos. Tem aqueles que passam a viagem falando no celular, os que conversam, os que preferem não falar nada, dormir.

O Custódio nunca dorme. Não lê, nem ouve música. Logo que entra, bate um papo rápido comigo;

depois, vai se sentar lá atrás. Os passageiros do 362 não variam muito. Tem um senhor de bigode com jeito de quem está para se aposentar. As duas moças que trabalham na Fiocruz e sobem juntas perto da Praça da Cruz Vermelha. Três ou quatro alunas de um cursinho lá pelas bandas da Praça XV. Essas são fáceis de identificar pelo uniforme. Saltam todo dia no Terminal Misericórdia. Uma vez por semana, vem a Dona Januária. Ela pega a condução para ir ao médico, o consultório fica na Avenida Marechal Câmara, ao lado do prédio da OAB.

Há mais ou menos um mês, numa segunda-feira, apareceu outra passageira que logo virou figurinha fácil. É uma menina mal saída dos vinte anos. Loira, mas de cabelo pintado, dá para notar. Sabe aquela beleza que não chama tanto a atenção? Pois é. No primeiro dia em que pegou o 362, saquei que o Custódio ficou de olho. Ela sentada no segundo banco, próxima a mim, e ele lá detrás filmando a garota.

No dia seguinte, batata. Custódio subiu, passou o RioCard e veio me perguntar.

— Quem é a loirinha?

— Que loirinha? — me fiz de besta.

— A loirinha de ontem.

— Que loirinha?

— Você sabe, a que sentou aqui na frente, de saia curta e camisa quadriculada. Os pernões.

— Não vi, não.

— Mentira, Conceição, você pescou.

— Não sei.

— Não sabe o quê?

— Não sei quem é a platinada.

— Missão dada, então: descobre.

— Toma jeito, rapaz.

*

A LOIRINHA MORA em Honório, já descobri. Pega o ônibus na Avenida Franklin Roosevelt, defronte ao edifício do IBGE, e salta no ponto final. Acho que ela trabalha no Centro, na madrugada, e volta pra casa de manhã, quando o Custódio está a caminho do serviço. Aí vai ficar ruim para ele.

Não sou de me meter em vida de passageiro, mas não custa ajudar. O rapaz está solteiro. Durante o expediente, fica até difícil prestar atenção nos outros, porque é gente entrando a toda hora. Uma pressa danada. Quando chega na Avenida Brasil, acalma um pouco por causa do engarrafamento. Às vezes é obra. Quase sempre é obra. Essa cidade está sempre em obra, coisa de doido. Mas tem vezes que é muito carro mesmo. Então consigo um tempo para olhar para fora. Aquele monte de casa sem pintura, colada uma na outra, as passarelas, os depósitos, as entradas de garagem dos motéis, as fábricas. Olho pela janela e fico pensando que todo mundo que chega e sai passa por aqui, pela roleta do ônibus. Parece que tudo só funciona, só se mexe, só acontece, porque o 362 faz seu trajeto dia após dia. Que, se não fosse o 362, não haveria ninguém na cidade, só construção, cimento. Um silêncio danado.

Eu até gosto de silêncio.

*

CAMILA. É o nome da loirinha. Na quarta-feira, ela telefonou do celular para alguém e disse Oi, é a Camila.

Desde que a moça passou a pegar o 362, o Custódio foi mudando de lugar. Primeiro passou para os bancos do meio. Agora, já faz uma semana, chegou à parte da frente.

— E aí, Conceição, missão cumprida?

— Missão dada é missão cumprida — respondi com a frase do filme. — O nome dela é Camila.

— Camila...

— Camila. E ela mora em Honório.

— Como você descobriu?

— Não revelo minhas estratégias.

Ele riu.

— Faz o que da vida?

— Isso ainda não sei.

Sim, eu sabia. Mas quis fazer um suspense, aquela história estava tão legal, parecia novela. Nunca tinha visto o Custódio desse jeito, os quatro pneus arriadinhos. E, vá lá, eles iam formar um casal bonito.

Minha tática para conseguir as informações não foi tão difícil. Certo dia, quando Camila pagou a passagem, perguntei se não tinha mais o RioCard. Ela disse que o saldo acabou, então comentei que é fogo, viu?, o patrão nunca paga o suficiente e a gente ainda tem que usar na passagem o dinheiro do salário.

Camila, que tinha pinta de fechadona, desandou a falar. Contou que mora com a mãe em Honório, a casa era do avô. Que arrumou um serviço no Centro depois de ser mandada embora da empresa onde fazia estágio. Que o trabalho dela é ficar fechada numa sala escaneando documentos durante toda a madrugada. É chato, mas rende algum e não tem ninguém para encher o saco, resumiu.

*

Nos DIAS QUE se seguiram, informei tudo ao Custódio. Bem devagar, uma notícia de cada vez.

As novidades chegavam e puxavam mais perguntas que nem a gente puxa criança pela mão. Sabe se ela tem namorado? Se ela bebe? Se ela gosta de dançar?, e eu só olhava para aquele bigode se mexendo enquanto ele falava.

Aos poucos, eu e Camila íamos nos conhecendo melhor. Como ela se sentava perto de onde fico, a conversa era fácil.

Não, ela não tem namorado. Sim, ela gosta de tomar chope no fim de semana, adora dançar. Costuma ver novela também. E essas séries que passam na TV a cabo.

— Eu não gosto de novela, mas não perco uma série. Você já viu *House*?

— Não, Custódio. Não vejo muito TV a cabo. Prefiro a Globo.

— É sensacional. Um médico meio maluco, mal-humorado, que briga com os pacientes, mas acaba descobrindo o problema.

— Não gosto de programa de doença, Custódio.

— Não é de doença, é um médico que... Bom, deixa pra lá.

— Por que você não fala logo com a moça?

— Falar o quê?

— Falar, ora. Chama para sair, ir ao cinema, beber um chope ali no Centro. Tem muito bar no Centro, a partir do meio da semana é gente que não cabe mais.

— Ela gosta de cinema?

— Sei lá.

— Mas você disse para eu chamar para ir ao cinema.

— É só uma ideia. Chama para qualquer merda, fala com ela, dá um oi.

— Entendi. Mandar uma letra?

— Isso, mandar uma letra.

*

CUSTÓDIO É DAQUELES tipos meio garganta. Cheio de história. Tem conversa de namorada, de promoção no emprego, de gol na pelada, de vitória no carteado. Sei que trabalha numa firma de computadores que fica lá na Brasil. Mora sozinho na Rua dos Inválidos, apartamento alugado. O aluguel aumentou muito ultimamente. Não sou de fofoca, ele é que me falou tudo.

Sei também que andou enrolado com negócio de cheque especial, uma empresa que abriu com um amigo de infância e não deu certo. Agora acho que está no rumo. Já faz tempo esse emprego na Brasil.

No 362, todo mundo conhece ele, e ele conhece geral. Mas é discreto, de pouco papo. Fica sentadinho no seu lugar, manjando os outros passageiros, sem abrir a boca. Só conversa mesmo é comigo.

— É a mulher da minha vida, Conceição.

— Tá maluco, rapaz? Que conversa é essa de mulher da vida? Mulher da vida, que eu saiba, é puta.

— A loirinha, a Camila. Tenho certeza.

— Você nunca nem falou com ela.

— Eu sei. Sabe quando a gente simplesmente sabe?

— Não. Só sei que nada sei, como dizia aquele jogador.

— Eu sei, Conceição. E ela ainda não sabe, mas vai saber.

— Endoidou.

— Endoidei. Estou doido de amor, doido de amor, doido de amor.

— Menos, Custódio, menos. Você canta mal, e eu não suporto Rick e Renner.

*

NA SEGUNDA PASSADA, Custódio me apareceu no 362 com um DVD debaixo do braço. Estranhei porque ele não costuma carregar nada fora da pasta. Na capa do DVD, impresso em letras azuis: "*House* — Última temporada".

Camila já estava no ônibus, como de hábito sentada no primeiro banco. Custódio entrou e, ao passar por ela, fingiu um tropeção. Esbarrou com o DVD no braço da moça. Desculpa, desculpa, e se acomodou na fileira imediatamente atrás.

— Sem problema, isso acontece.

Nada mais disseram. Na Avenida Brasil, no lugar de sempre, ele saltou. Camila permaneceu na condução até Honório.

Nesse dia, dobrei o turno para cobrir a Germana, que caiu de febre. Então encontrei Custódio novamente. Ele voltava do serviço.

— Quase falei com ela hoje.

— Você quase agrediu ela, isso, sim.

— Ah, um esbarrão. De amanhã não passa.

— Vai falar com ela?

— Vou. Vou puxar assunto sobre *House*, e depois chamar para um chope.

— Dá-lhe garoto.

— Você viu como ela estava hoje?

— Vi. Normal. Loira falsa, saia, camisa. Na dela.

— Não, não. Tinha alguma coisa na expressão do rosto, uma alegria.

— Não viaja, Custódio.

— Alguma coisa aconteceu no fim de semana.

— Não viaja.

— Não posso mais perder tempo. Tem valete na área.

— Nisso a gente concorda. Não dá para perder mais tempo. Vai lá e resolve logo.

— Amanhã.

— Isso, amanhã.

— Não vai ter erro — ele disse, antes de saltar na Rua do Riachuelo.

*

AMANHÃ, NO CASO, era a terça. Mas Custódio não apareceu. Nem terça, nem quarta, nem quinta, nem sexta. Fiquei com medo de que algo de ruim tivesse acontecido, mas na segunda seguinte soube que foi só dengue.

— Sentia o corpo todo doendo, a testa ardendo, tontura, um cansaço que não dá para explicar.

— Já tive dengue, não é mole. Mas você já está com a cara boa. Camisa nova?

— É sim. Comprei faz algum tempo, só não tinha estreado ainda.

— Elegante.

— E a Camila?

— O que tem a Camila?

— Ela não está aqui.

— Não está. Não veio.

— Será que pegou dengue também?

— Sei não. Estão dizendo que tem epidemia de novo. Você não viu no jornal? Não sei quantos casos registrados já.

— Ela veio na semana passada?

— Todos os dias, certinho.

— Eu hoje trouxe um presente para ela. Fiz uma cópia do DVD do *House*. Amanhã entrego, então. E armo o chope.

— Isso, amanhã você entrega — respondi, sem mencionar que sexta-feira a Camila me deu tchau, foi para outro emprego, não vai mais pegar o 362.

Gandula

BASTAVA TER JOGO de time com uniforme verde e branco. E que fosse bom. Seu Chico ligava a TV, tirava o som e chamava o filho para ver. Olha como o Vila Rica dá show, não tem pra ninguém, e João sonhava em estar lá, no gramado, vestindo a camisa dez.

No jantar, as garfadas se revezariam com os comentários sobre os lances do jogo. Vamos ser campeões, profetizava Seu Chico. Vamos, vamos, o garoto concordava, com a confiança irrestrita dos meninos no que dizem seus pais.

Terminada a refeição, dever de casa pronto, João dava um beijo na mãe e ia para o quarto. O destino não era a cama. Antes de dormir, ele treinava. Fechava a porta, tirava da gaveta a bola feita com meias entrelaçadas e jogava seu jogo solitário. Um toque para a direita, o corte para dentro, o chute firme, de peito de pé, em direção à parede. Gol, gol do Vila Rica, narrava, como os locutores de rádio, em palavras que giravam em sua cabeça prenunciando frases.

Não demorou, contudo, até que os amigos e a escola ensinassem que o Vila Rica não dava show, não era o campeão. Ganhara alguns títulos no passado, é verdade. Nos últimos quinze anos, porém, lutava apenas para não despencar à segunda divisão do campeonato estadual.

Quando João e Seu Chico foram até o Centro em busca de uma camisa, a primeira da vida, o garoto já tinha consciência de que o verde e o branco dos jogos da TV eram de outros times.

Ao chegar ao camelódromo, a dupla penou. Havia camisas de vários clubes do Rio. Do Vila Rica, nada. O esforço de Seu Chico, que precisou percorrer uma a uma todas as barracas do lugar, valeu porque o motivo era justo — e digno de orgulho: apesar da draga em que estava o time, a herança se confirmava sem sobressalto. De avô para pai, de pai para filho.

João nunca esqueceu o momento em que, recém--chegado da ida ao Centro e devidamente postado em frente ao espelho do banheiro, se viu com a camisa do Vila Rica. O corte grosseiro, o escudo torto, pouco importava. A camisa caía bem. Redesenhava, no tecido, o corpo ansioso pela adolescência: o peito ganhando volume nas sequências de flexão, a barriga seca como a dos atletas. Não demoraria e estaria apto a fazer um teste no Vila Rica.

Dona Dina, a mãe, era contra, falava que ele precisava era estudar e virar engenheiro, ou médico, ou advogado. Não dá para viver essa nossa vida, João, vida de sacrifício. Seu Chico apostava no talento do garoto. Joguei muita bola quando era menino, manjava muito do metiê, se não fosse o joelho ruim...

*

No DIA DO teste, a confiança era tanta que João estava tranquilo. Madrugou, comeu pão com manteiga e uma banana, para não dar cãibra, e partiu rumo ao campo do Vila Rica. O pai havia dito, na noite anterior, que tudo podemos naquele que nos fortalece, e que a confiança é a arma dos vencedores.

Vinte e sete garotos concorriam a cinco vagas. Ao chegarem, preencheram uma ficha com dados pessoais básicos, o atestado de que estavam aptos a fazer atividades físicas, e seguiram para o campo. O técnico dividiu o grupo em dois times, um com catorze jogadores, outro com treze. Os titulares foram escolhidos por ordem alfabética, e João pôde entrar logo no gramado.

— Joga de que, moleque?

— Sou meia atacante.

— Todo mundo aqui é meia atacante. Ninguém nessa merda joga na lateral, na zaga, tudo craque, puta que o pariu.

— O senhor perguntou.

— Destro ou canhoto?

— Canhoto.

— Vai para a lateral esquerda, então.

Como os garotos mal se conheciam e todos precisavam se destacar, o treino não rendeu. Quem pegava a bola tentava driblar os adversários ou, se mais perto da área, chutar a gol. João sequer teve essa chance. Colado à lateral onde ficava o técnico, passou o coletivo inteiro na retaguarda.

— Não passa do meio-campo! Você é defesa.

Ele obedecia.

Terminado o primeiro tempo, deu lugar a outro concorrente.

— Fica aí, moleque, espera o jogo acabar que a gente vai dizer quem fica e quem vai.

*

Seu Chico não perguntou sobre o desempenho do filho. Nem Dona Dina. O semblante do garoto, ao chegar em casa, era um dicionário com todas as respostas possíveis.

João sabia que outro teste só dali a um ano. Que não dava mais para postergar o trabalho, o cursinho, em nome de treinamento. Se nas peladas ele era o tal, primeiro escolhido sempre, em clube profissional a música toca diferente. Todo mundo lá é solista, concluiu.

A dispensa doeu, mas doeu menos do que a ligação recebida três dias depois. O técnico explicava que o campeonato estadual começaria em um mês, que cada clube deveria indicar quatro garotos para trabalhar como gandulas, e que depois do teste pensou no nome dele, João, que era tão veloz, tão disciplinado.

O impulso inicial foi falar não. Mandar o treinador para o inferno. João no entanto respirou e pediu um tempo para pensar. Até amanhã respondo, ok? Ok, moleque.

No dia seguinte, respondeu sim. Se a função de gandula lhe parecia sem prestígio algum, ao menos seria uma forma de estar no estádio, perto dos jogadores, da tensão de uma partida oficial. E ainda tinha um dinheirinho.

*

A ESTREIA, APÓS O curso preparatório de duas semanas, foi no jogo Campo Grande x Bonsucesso. Um 0 x 0 de baixíssima qualidade técnica, mas sem maiores problemas para os gandulas, já que não valia muita coisa. João se saiu bem e ganhou elogios do pessoal da federação.

O bom desempenho garantiu que a partir daí tivesse trabalho toda semana. A grana, embora pequena, completava o orçamento do emprego de segunda a sexta como office boy, ajudava a pagar o curso pré-vestibular.

Os desígnios da sorte pareciam estar ao lado de João, já que os jogos de sua escala não coincidiam com os do Vila Rica, e ele pôde acompanhar seu time no campeonato, fosse na arquibancada, fosse na TV — agora com som. Depois de tanto tempo o panorama se revelava promissor: um grupo de investidores assumira o clube, contratando jogadores conhecidos, ainda que em fim de carreira, e criando um plano de sócio-torcedor que, segundo as previsões, anunciadas com pompa em coletiva de imprensa, "trará de volta os verdadeiros vila-riquenses, que andavam afastados pelos desmandos de sucessivas diretorias que dilapidaram os cofres e a imagem do Vila Rica FC".

No embalo dos novos ventos, o Vila Rica cumpria um campeonato acima da média recente. Vencera os jogos contra Madureira, Campo Grande, Bonsucesso, Olaria e São Cristóvão, e chegara a arrancar um empate contra o Flamengo. As derrotas para Fluminense, Botafogo e Bangu não impediram o clube de chegar à vice-liderança. A três rodadas do fim do torneio, faltava enfrentar Portuguesa, América e Vasco.

João reservava uma gaveta em seu guarda-roupa só para as camisas do Vila Rica. A cada ano, um novo modelo. Mas, nos dias de jogos, recorria à antiga, aquela mesma que o pai lhe dera quando mais garoto.

O pai, aliás, evitava assistir aos jogos. Andava tenso com a possibilidade de um título depois de quinze longos anos. Ou talvez com o temor de chegar tão próximo e perdê-lo, confirmando o velho ditado, insuflado pelos adversários, de que o Vila Rica nada, nada, e morre na praia. Embora ultimamente tenha nadado mais para não se afogar.

João nunca havia testemunhado um título, nunca experimentara o prazer de berrar, em quatro fonemas vibrantes: É-cam-pe-ão. O eco que festeja e ao mesmo tempo reitera, o bendito atordoamento.

*

O Vila Rica derrotou a Portuguesa, empatou com o América e chegou à derradeira partida, contra o líder Vasco, tendo que vencer pelo placar mínimo.

João estava na fila da compra dos ingressos — um para ele, um para o pai e outro para a mãe, que nem torcia para o Vila Rica, mas não perderia o jogo histórico — quando o toque do celular soou. Na tela, piscava o número da federação estadual de futebol.

— Alô?

— João? É o Henrique Alves, aqui da federação.

— Oi, Henrique. Tudo bom? Posso te ligar depois? Estou aqui na fila da finalíssima.

— É sobre isso mesmo que eu quero falar.

— Sobre a final?

— É.

— Vila Rica e Vasco?

— Isso, o jogo de domingo.

— Mas o que sobre o jogo?

— Então: o Sérgio, que seria um dos gandulas de trás do gol, não vai poder trabalhar, e eu queria te chamar.

— Para trabalhar na final?

— Isso, João. Tem um extra no cachê. Em final sempre o dinheiro é melhor. Você trabalha direito, sei que está precisando.

— Posso pensar? Estou na fila dos ingressos.

— Não tem como esperar. Se você não puder, vou ter que escolher outro. É dá ou desce.

— Tô dentro.

— Posso contar contigo?

— Pode. Tô dentro.

*

FINALIZADA A LIGAÇÃO, João persistiu na fila por duas horas para comprar os ingressos de Seu Chico e Dona Dina. Se ele não se sentaria na arquibancada ao lado dos pais, que o vissem em campo, ajudando o jogo a acontecer.

Os dois não chegaram a lamentar a impossibilidade de estarem juntos no estádio, e até gostaram de saber que João ajudaria a escrever a história. Ele teve que prometer ao pai que conseguiria a camisa de algum jogador caso o Vila Rica fosse campeão. Nem que eu tenha que arrancar, afiançou.

Mas havia um problema. João não poderia vestir a antiga camisa, aquela que fora usada em todos os jogos do Vila Rica no campeonato. A federação era rígida com o uniforme, não aceitava que os gandulas colocassem nada que não o traje oficial, nem mesmo uma camisa por baixo. E dane-se se o tempo estivesse frio. Frescura aqui, não. Futebol é para homem, repetia o encarregado da federação estadual.

Sem saída, João pediu que seu pai levasse ao estádio a camisa da sorte.

*

Os três dias antes da partida foram de muito treino. Ao deixar o escritório, João corria em volta do Maracanã, dando piques a cada trezentos metros e voltando a trotar. O trabalho tinha que sair perfeito.

No domingo, acordou cedo, leu os jornais esportivos, almoçou e enfim partiu, acompanhado de Seu Chico e Dona Dina, em destino ao estádio. Na entrada principal, despediu-se dos dois, num boa sorte mútuo.

A responsabilidade hoje é redobrada, o Brasil todo está vendo a gente, não vou aceitar cagada, o encarregado avisou na preleção, já dentro do vestiário. É para devolver a bola rápido, correu, pegou e entregou na mão do jogador, entenderam? Não quero cagada aqui hoje.

João não demonstrava nervosismo. Tinha consciência de seu preparo para a ocasião. As condições físicas eram ótimas, havia a experiência de muitos jogos no campeonato, sem erros.

Quando os gandulas entraram em campo, ele olhou para as arquibancadas. Estádio lotado. De um lado, a torcida do Vasco, em número superior, com imensas bandeiras estampando a cruz de Malta. Do outro, o povo do Vila Rica, muitas cabeças brancas, relembrando velhos cantos quase esquecidos. João tentou vislumbrar o pai em meio àquelas pessoas, antes de assumir seu posto: atrás do gol que fica à esquerda das cabines de imprensa.

A partida começou equilibrada. O Vila Rica necessitava da vitória, mas não partiu de pronto para o ataque. Um jogo estudado, entre adversários que se respeitam, sabem o valor do que está em disputa.

À medida que o tempo passava, o Vila Rica se tornava mais ofensivo. Pressionava o rival, sem descanso. As bolas que insistiam em sair pela linha de fundo após chutes, cabeçadas, carrinhos, logo voltavam ao campo graças à agilidade de João. Ele nunca trabalhara tão rápido. Mas aos 40 minutos, num escanteio, a zaga do Vila Rica falhou e foi o Vasco, lá do outro lado, quem abriu o placar.

O encarregado da federação fez muitos elogios aos gandulas durante o intervalo. Pediu ainda mais atenção na parte final.

E o cenário não mudou no segundo tempo. O Vila Rica tentava marcar seu gol, o Vasco se protegia. Aos 32 minutos, não houve como resistir. Um bate-rebate na área terminou com o chute de chapa do centroavante do Vila Rica. A bola morreu no fundo da rede. A poucos metros da trave, João se conteve e fez apenas um tímido movimento com o punho.

Aos 39, a virada. Falta na entrada da área do Vasco que Douglas, o veterano camisa 10 do Vila Rica, cobrou no ângulo. O goleiro apenas olhou. João não pôde domar a si mesmo e levantou os braços, o que valeu a imediata reprimenda do encarregado.

Aqui é trabalho, já disse que não quero cagada para o meu lado, pode ir para o vestiário.

O título se aproximava. João pediu desculpas e prometeu que não aconteceria novamente. O jogo está acabando, depois a gente conversa, se der merda você vai se ver comigo, ouviu? Pode contar, disse João.

A essa altura, o Vasco se lançava ao ataque com a coragem dos que não têm nada a perder. O Vila Rica chutava a bola para longe, tentando mantê-la distante de sua trave pelos minutos que restavam. João apenas sofria.

Já nos acréscimos, Douglas, o capitão a quem caberia levantar a taça, tentou dar uma caneta em Pires, o volante do Vasco. Perdeu a bola. Pires fez lançamento longo para a direita até Roberto, o centroavante, que pegou de primeira. Um tiro raro, com efeito, rasteiro. João viu o chute atravessar a intermediária, depois toda a grande área do Vila Rica, viu o goleiro saltando, esticando os braços e os dedos na direção da trave direita, sem alcançar, e pensou na sina do Vila Rica, no tanto que iria sofrer no dia seguinte com os colegas de escritório e de cursinho, nas manchetes dos jornais anunciando outro campeão, nas crianças que também escolheram o Vila Rica para torcer e não sabiam ainda que apostaram uma ficha rara e difícil, no pai sentado na arquibancada com as mãos sobre os olhos tentando não ver o que todos veriam numa partícula de tempo, na camisa 10 do Vila Rica que era dele, que era para ser dele, João; então entrou em campo, mirou a bola e, antes que ela cruzasse a linha do gol, chutou-a de bico para longe, bem longe, correndo em disparada enquanto gritava, repetidamente e sem cessar, morreu na praia é o cacete.

As praias desertas

Eu vim, como combinado.

E vim mais cedo porque queria ver a sua chegada. A calça social dobrada na barra das pernas, uma camisa polo de cor escura, talvez marrom, os óculos redondos de armação tartaruga. Nos pés, tênis usados mas ainda dignos. Imagino esse desenho sobre um fundo azul, sua pressa em deixar para trás a paisagem, o movimento só no primeiro plano, sem perspectiva. Você.

O mar está calmo, bom de tomar banho, dá para ver daqui. Na frente do banco de areia, há uma daquelas piscininhas onde as crianças gostam de brincar e fazer xixi. Quando eu era menina, caçava siris ali. Meu pai ensinou a usar o puçá. A gente entra na água sem fazer barulho e fica de olho nas manchas pretas que sobressaem na areia. Quando acha, basta um golpe rápido. O bicho luta contra os fios do puçá, mas é batalha perdida. Eu só não tinha coragem de tirar o siri do emaranhado de cordas. Siris tornam-se agressivos sob ameaça.

Nunca pescamos juntos, penso agora. Nunca sequer falamos sobre pesca. Não sei se você um dia caçou siris com um puçá, ou se aprendeu a manejar o molinete — nunca consegui, por mais que tentasse. A linha enrolava e no fundo eu tinha medo que, no momento de lançar o peso ao mar, algum dos anzóis cravasse na minha pele.

No dia em que nos conhecemos, o mar não estava assim, bom para siri. Estava batido, com muita espuma. Mar com espuma é bom para bagre e papa--terra, peixes que nadam no raso. Podemos falar de pesca, se quiser, quando você chegar. Podemos falar de tantas coisas.

Foi assim quando a gente se viu pela primeira vez, falamos por quase quatro horas, você lembra? O rapaz que trabalhava no trailer trouxe a conta um monte de vezes. Trilha frita, água de coco, cerveja, e mais cerveja. Ele nos apressava, mas sabia o que estava acontecendo, por isso esperava sempre um pouco mais. A gente nota quando acontece.

Assim que a turma foi embora, e ficamos nós dois, acho que todo mundo notou também. Você não usava camisa polo naquela época, isso foi depois. Também não usava óculos. Estava de sunga apenas, não sei se chinelos. Lembro que a Cláudia nos apresentou dizendo que você tinha acabado de chegar de um intercâmbio nos Estados Unidos. Que foi para lá aprender inglês e trabalhar numa estação de esqui. Achei peculiar alguém que chega de uma estação de esqui estar na praia, de sunga, debaixo de um sol daqueles. Não combinava. E, de cara, você não chamou minha atenção. Típico garoto marrento de papai rico que quer tirar de novidade no grupo. Então me perguntou se eu gostava de mergulhar à noite, e falou que mergulhar à noite é melhor que mergulhar de dia, porque não se pode ver direito o que tem dentro da água e é como se a gente mergulhasse num abismo.

Como se a gente mergulhasse num abismo, foram exatamente essas as palavras.

Eu não podia imaginar que ficaríamos mesmo ali até anoitecer, para tirar à prova sua tese. Você pediu ao rapaz do trailer que desse uma olhada nos nossos troços, quer dizer, nos meus, enquanto íamos na água. E ele avisou que logo logo ia fechar. Você lembra?

Gostaria de entender por que não falamos de siris, e puçás, e pesca, naquele dia. Talvez fossem páginas em branco demais para preencher, e julgássemos que havia tempo, tempo bastante. O amor ainda era uma curiosidade.

Não consigo recordar, igualmente, em qual momento da conversa fizemos o acordo, embora saiba, sim, que foi naquele dia. Temos a vida pela frente e quero fazer muitas coisas, você comentou algo assim. Eu também queria fazer muitas coisas. Passar no vestibular, me formar na faculdade. Alugar um apartamento em Botafogo, perto do cinema. Comprar um carro. Emagrecer. Ir a Paris, mudar o mundo.

Não, eu não pensava em casar, ter filhos, essa agenda tradicional. Isso foi depois, mas você não sabe.

Quando perguntei se seria capaz de passar a vida com alguém, com uma só pessoa, lembra o que você falou? Você falou que sim, mas não já. Que era preciso viver antes. Eu, de minha parte, pensei: e isso não significaria viver? Mas não disse nada.

Hoje, logo que cheguei, quis saber do rapaz do quiosque se ele conheceu o outro, que trabalhava aqui antes, quando ainda era trailer. Maluquice minha. Claro que não conheceu, a idade não bate. Ele ofereceu o cardápio, perguntou se eu não queria uma cerveja, já trazendo a lata. Resolvi esperar, perguntei se podia usar uma das cadeiras, eis que o calçadão está vazio — um calçadão, imagina só. A gente pode tomar essa cerveja juntos, daqui a pouco.

Uma vez encontrei você na internet, sabia? Sei que não devia, que nossa combinação não era essa, mas não resisti e dei um Google no seu nome. Nada de perfis sociais, como eu poderia esperar. E, no entanto, várias alusões ao diretor executivo com MBA não sei onde.

Quando você chegar, vou te contar que passei no vestibular e me formei na faculdade. Também morei em Botafogo — já não moro mais —, embora não tão perto do cinema. Emagreci, mas voltei a engordar um pouco. Não fui a Paris. Precisava guardar dinheiro, e em viagens se gasta muito.

Tampouco casei ou tive filhos, mas isso não estava mesmo no projeto. Ah, sim: tenho perfil nas redes sociais. Só que não costumo publicar nada. Fico apenas vendo as pessoas fazendo coisas. Restaurantes, aniversários. Talvez você tenha checado.

— Moço, me traz uma cerveja?

Eu chequei você, vi a foto. Ela é bonita. Engraçado, você sempre falou que não gostava de mulher loira.

Ainda está casado? Se separou? Teve filhos? Bom, não importa. Temos nosso trato. E eu também vivi uns casos, com data para acabar.

Aqueles meses depois que a gente se encontrou foram o antes. O meio de tudo, um pedaço de angústia que precisava suportar. Do jogo. Agora vamos retomar as coisas como tinham que ser. Pouco importa se a praia está tão diferente, e está. Ruas calçadas de asfalto, prédios colados uns nos outros. Você falou em praias desertas, vamos ficar velhinhos e morar numa praia deserta como essa. Andar descalços o dia inteiro. Dormir sob as cobertas sentindo o cheiro da maresia. Uma casa não muito grande, mas charmosa, com quintal e dois ou três cachorros. Cozinha espaçosa para a gente preparar nossa comida — eu faço o almoço, e você, a janta —, um quarto de hóspedes para receber os amigos, uma mesa de pingue-pongue. Você mencionou a mesa de pingue-pongue e ela entrou no pacto.

Na semana passada andei vendo o preço de uma mesa de pingue-pongue. Nem é tão caro. Essa vai ser uma surpresa: comprei a mesa. Quando a gente escolher a casa, a loja vai entregar lá. Mas isso não vou te contar, não. Quero ver sua cara quando a mesa chegar. Comprei raquetes também, daquelas emborrachadas, como você gosta.

Tem mais gente chegando à praia. Acho que a essa hora começa a encher. Já passa das dez e meia. Será que você confundiu o lugar? Não existiam esses quiosques, a gente marcou no trailer do Seu Mário, mas o trailer do Seu Mário era aqui, onde está esse quiosque agora.

— Moço, vou ali na frente e já volto. Não deixa ninguém pegar minha mesa, tá?

O que trinta anos não fazem com uma rua. Não conheço mais ninguém. Andei uns trezentos metros, parei em quatro quiosques e ninguém. Era mato sobre areia, lembra? E os trailers com cachorro-quente da Geneal.

Melhor ficar aqui. Se nós dois nos movermos procurando um ao outro, aí é que a gente não se encontra. Fico tranquila porque você sempre foi atirado, sempre correu atrás das coisas que anseia. Impossível não me achar. A não ser que tenha havido algum problema. Pneu furado? Doença repentina, daquelas que prendem na cama? Como me avisar?

Mas eu não gosto do azar. O azar se afeiçoa a quem fala muito dele. Com a sorte, também é assim. Quando a vida anda esquisita, eu fico repetindo sorte sorte sorte sorte sorte, até que ela venha para perto de mim. Ela sempre vem.

Às vezes quando digo sorte sorte sorte sorte sorte, eu penso em você. Para que a sorte te toque também. Houve instantes, não foram poucos, em que senti vontade de falar contigo, como se você estivesse próximo. Mas evitava. Não queria gastar as palavras assim. Queria guardar as palavras para usar com você, pessoalmente.

A gente vai poder repetir sorte sorte sorte sorte sorte quando estiver morando na nossa casa e a vida ficar esquisita. Porque eu sei que tem dias em que a vida fica esquisita, e isso acontece inclusive com os casais mais felizes.

— Moço, o pessoal ainda pesca siri aqui na praia?

Ele vende casquinha de siri no quiosque, mas compra a carne já catada, no supermercado. Seria legal a gente pescar siri de vez em quando, e pedir para ele preparar aqui. Ou peixes, se você souber usar o molinete.

Aliás, vou pedir um peixe frito, uma besteirinha, de aperitivo, você não vai se importar, né? Estou aqui desde cedo e já vai dar meio-dia. Nem está tanto sol, mas esse mormaço queima. A gente pensa que não e quando vê a vermelhidão tomou conta. Depois descasca. Agora eu uso filtro fator cinquenta, não é como antigamente, que todo mundo ficava na praia besuntado de Rayito de Sol até a noite baixar, sem se preocupar com os raios ultravioleta. Vou pedir o peixe então. Quando você chegar, a gente almoça. De repente, o pneu furou, teve o tempo da troca pelo estepe, ou você pegou algum engarrafamento, o trânsito na cidade anda cada vez pior. Imagino seu cansaço, sua fome, depois de ter que trocar pneu debaixo dessa soleira. A gente pode comer, tomar umas cervejas e depois caminhar um pouco na areia, molhar os pés. Meu pai dizia que molhar os pés limpa o corpo todo, que a água salgada do mar purifica, renova. Melhor deixar para ver as casas amanhã, o rapaz do quiosque me contou que a duas ruas da praia tem algumas à venda. Perguntei se são grandes, se têm quintal. A gente vai lá e descobre o preço, faz as contas direitinho. Juntei algum dinheiro na caderneta de poupança, é uma boa soma, e se for o caso financiamos uma parte. Quando tem que ser, a gente dá um jeito. Quando tem que ser, tem que ser. Eu já trouxe as malas, estão no carro, tudo pronto. Vou continuar por aqui, que foi o lugar combinado. Você sempre se atrasou mesmo.

Caiu uma estrela na minha sala

A ABELHA ZOAVA em seu voo ziguezagueante sem demonstrar nervosismo. Estava eu sentado na cadeira de balanço, lendo o jornal acumulado do fim de semana, enquanto a televisão atirava imagens e sons para uma plateia que não havia.

De resto, era um domingo comum. O sono bem fornido da manhã esticada sobre a cama, o copo cheio de café para disfarçar o açúcar dos casadinhos de goiabada, o jornal grosso, desafiador, lembrando a leitura atrasada desde a última semana. Havia algo daquele clima de início de noite dos domingos, a preguiçosa espera que toca o crepúsculo e faz às vezes a morte se assanhar.

Mas se nem mesmo a TV era capaz de perturbar minha letargia, o que dizer daquela abelha, voando a alguma distância. A réstia de barulho competia desigualmente com as falas do apresentador do *Fantástico*, nas quais passei a prestar atenção. Em tom sisudo, o show da vida mostrava a morte num morro carioca. Autoridades por detrás de microfones, a música dolente, o plano que se fecha no rosto segundos antes de uma lágrima escorrer. Pausa para os comerciais.

Eu movia lentamente a cadeira de balanço de modo a embalar a indolência. Dar ritmo àquela tranquilidade. Da janela da sala, por vezes vinha um bafo ligeiro, o verão que começava a se insinuar em dias de primavera.

O locutor falava, a abelha ziguezagueava. Voo alto, voo baixo, em diagonal, cruzando a sala, cada vez mais veloz. Parecia pressentir que o tempo mudaria — e rapidamente.

Já havia quase adormecido, as pálpebras em luta insistente com os olhos, quando ouvi a explosão.

Um barulho estrondoso, grave, que se seguiu às notas agudas de estilhaços de vidro. A sala por um instante tremeu.

Corri para detrás da poltrona.

No salto entre a sonolência e o espanto, pude ver a janela arrebentada. Na sequência, a bola de fogo que ardia ao lado da TV.

O vento, de fato, mudara. Um sudoeste, daqueles que preveem chuva e tempo ruim, tomara conta de tudo lá fora. Mas não havia relâmpagos ainda.

Embora menos estrepitoso, o barulho prosseguia dentro da sala. Do monitor, saíam fagulhas em tons de cinza. Um som estridente vazava do alto-falante. As chamas daquele objeto, contudo, tornaram-se o principal ponto de atenção.

Relutei inicialmente em me achegar. Apesar de localizado, o incêndio podia se espraiar pelos móveis, o tapete, os amontoados de papel.

Mas as chamas foram se acalmando e consegui enxergar com mais nitidez. Era amarela, puxando para o dourado. Tinha em torno de um quarto de metro entre as pontas.

Uma estrela.

Não pude inferir como ela se precipitou céu abaixo, com a força da gravidade, e penetrou janela adentro em direção à TV. Mas havia uma estrela no meio da minha sala.

A impossibilidade da situação acelerava o raciocínio e acionava imagens insólitas. Uma lagarta verde arrastando-se pelo tapete, o ovo cozido sobre a mesa de centro, uma peça de carne, com osso, dentro da travessa de vidro. Eu estava atordoado.

As imagens repentinamente sumiram; a estrela, não.

Eu tinha consciência de que estrelas têm tamanhos imensos, e a colisão de uma delas com a Terra resultaria desde logo no fim dos tempos — ao menos para nós, humanidade. Ademais, elas morrem muito tempo antes que possamos enxergar, daqui, a sua luz. É sempre tarde demais para qualquer contato que não visual, e distante.

Aquela devia ter no máximo trinta centímetros. Lembrava estrelas de desenho no papel, triângulos sobre triângulos formando o núcleo, as pontas.

À medida que se resfriava com o vento insistente sala adentro, os contornos se mostraram mais precisos. A cor, mais visível. Achei que a reconhecia. Talvez o adorno da chapelaria da travessa paralela à rua de casa. O letreiro em neon e grafia arredondada, a estrela amarela acima do nome da loja, marcando o pingo do "i": "Chapelaria Estrela Distante".

Ainda com medo de tocá-la, cheguei mais perto. Não parecia um adereço de letreiro.

E novamente a abelha. Por trás de mim, ela se aproximara. Sobrevoava a estrela, como se também quisesse compreender. Zunia sem parar.

Cogitei pedir ajuda, tocar a campainha do vizinho, ligar para a polícia, um amigo, a Força Aérea, sei lá. Desisti. Era preciso, antes de qualquer coisa, ir até a chapelaria. Matar a dúvida.

Na mesa da sala, havia uma camisa flanelada, que usara dois ou três dias antes. Vesti. Peguei também o guarda-chuva e a lanterna, para o caso de faltar luz na volta. Tive o cuidado de trancar a porta ao sair e descer a escada do sobrado.

Não havia ninguém na rua, apenas o som do vento. Comércio fechado, à espera da segunda-feira. Todos já recolhidos.

A estrela, acesa, incrementava o luminoso da chapelaria. Resistia, como aquela loja de chapéus num tempo em que ninguém mais compra chapéus.

"Chapelaria Estrela Distante". O "i" em destaque.

Não sei dizer se houve desalento ou alívio. Apenas tracei o caminho de retorno, apertando os passos contra o vento.

A energia do sobrado permanecia firme, de modo que a lanterna se mostrou inútil. Subi a escada.

Ao chegar à sala, notei que a TV enfim desistira de lutar, apagara-se por completo. Que a abelha desaparecera. No breu que cobria o silêncio absoluto, a estrela amarela era um ponto ainda brilhante, uma centelha que sequestrava luzes fugidias de algum lugar, e as refletia.

Me encaminhei à área de serviço, peguei uma toalha, balde com água e sabão de coco, regressei. Com a toalha umedecida, comecei a retirar a fuligem causada pela explosão. Esfreguei demoradamente cada uma das cinco pontas, me perguntando por que logo num fim de domingo, por que logo na minha sala, antes de levá-la ao quarto e guardá-la no gavetão de meias.

Something

— MAS "SOMETHING" não é uma música sobre separação — ele disse.

Eu havia acabado de comentar com o Vítor como "Something" se tornara uma canção especial para mim, sobretudo nos últimos anos.

— Já que estamos falando dos Beatles: "Yesterday", sim, é sobre separação.

Não gostava de "Yesterday". Aliás, de nenhuma outra canção dos Beatles. Eles sempre me pareceram uma banda para garotos, não para adultos.

— "Something" é sobre alguém que se apaixona. Em processo de apaixonamento. E que ainda não sabe se vai chegar lá. Como vamos ver ao longo da aula.

O professor Richard era um sujeito de meia-idade. Um cavanhaque démodé marcava o rosto, e a fala disfarçava a autoridade que, no entanto, acabava se revelando no modo firme como cravava o pilot azul no quadro branco. Um som irritante.

Nos pouco mais de quarenta minutos em que estivemos em sala, ele traduziu a letra, verso por verso. Não se limitava a verter as palavras do inglês para o português, mas comentava os possíveis sentidos — que, na fala de Richard, tornavam-se imperiosos, solapavam qualquer dúvida de interpretação.

Eu era um intruso naquela sala. Entrei por insistência do Vítor.

— Me encontra no curso de inglês e a gente vai para a festa depois. Fica mais fácil.

Como cheguei muito cedo, ele pediu autorização ao professor para que eu assistisse à aula.

— Assim você aprende alguma coisa de inglês.

É claro que eu conhecia algumas palavras do idioma. You. Table. Love. Sale. Essas palavras que a gente vê muito aqui no Brasil. "Something", eu sabia que significava "alguma coisa". Mas não que era alguma coisa na maneira como ela se move, e que atrai, como o professor Richard ensinou.

— "You're asking me will my love grow / I don't know, I don't know." Aqui, os compositores acenam para a expectativa, e para a incerteza, de retribuição da mulher quanto ao amor que o protagonista sente por ela. Percebam a rima entre "grow" — do verbo "crescer" — e "know" — do verbo "saber", ou "conhecer".

Enquanto o professor Richard falava, Vítor mantinha os olhos presos no quadro onde, por contraste, a letra de "Something" se destacava em azul. Fazia anotações. Eu, afundado na cadeira, apenas ouvia.

*

A CAPA DO CD era toda branca, não havia nada escrito além de "Para você, com amor", em letra minúscula, arredondada, tímida. A letra de Amanda.

"Something" abria o disco, uma espécie de coletânea das músicas que, acreditava ela, iriam compor a trilha sonora do nosso namoro. Era a única canção em inglês, de um repertório que incluía umas coisas lado B do Caetano, do Djavan e do Lobão.

— A gente nunca teve músicas nossas. Agora tem.

Amanda parecia desconhecer que eu não gostava dos Beatles. Se sabia, talvez tenha feito de propósito:

inaugurar o disco-símbolo de nosso namoro justa-
mente com uma canção daqueles molecotes ingleses.
Ela os adorava e, ao contrário de mim, era capaz de
entender o inglês.

O engraçado é que, embora eu duvidasse dos
efeitos práticos de uma tentativa tão forjada, algumas
músicas realmente se transformaram em referência
para nós dois.

Na primeira vez em que coloquei o disco para
tocar, estava sozinho. Foi no mesmo dia em que
ganhei o CD, logo após Amanda ter saído.

— Só vim aqui trazer seu presente — ela avisou,
antes de seguir para a faculdade.

Aos poucos, nos acostumamos a ouvir o disco na
companhia um do outro. No som do carro, quando
viajávamos para Penedo ou Arraial do Cabo. Na casa
dela, tomando vinho tinto e comendo bobagens. Na
minha casa, sonolentos, depois de transar.

*

QUANDO A AULA terminou, agradeci ao professor
Richard, que recomendou que eu fizesse um teste
de nivelamento e me matriculasse na nova turma.

— Vai abrir no mês que vem. E é bom ter cuidado: você pode não saber o que está cantando — ele falou no meu ouvido, com uma discrição que destoou da gargalhada explosiva de logo em seguida.

Vítor escutou e insistiu que eu devia mesmo fazer o curso, parar com a implicância.

— Partiu festa da Marcinha? — cortei de pronto, evitando ter que explicar novamente por que acho o inglês uma língua banal.

Ele concordou e nos encaminhamos para o elevador.

Minha pergunta carregava um tom de intimação que falseava. Era Vítor quem acumulava expectativas para a tal festa. Depois de oito anos de casamento, ele vivia aquela fase em que o deleite da busca é muito maior que o prazer do encontro. E eu, no fundo, temia um encontro. O encontro com Amanda.

— Pode deixar que não vou colocar o disco dos Beatles — Vítor gracejou quando entramos no carro dele.

— Agora que eu entendo tudo, comecei a amar os Beatles — e, mesmo sem disposição para trocar zombarias, procurei manter o clima amistoso.

— Você sabe que a Amanda pode estar lá, né?

Sim, eu sabia. Ela conhecia a Raquel, de quem começara a se tornar mais próxima depois que nos separamos. No circuito carioca das balzaquianas solteiras de classe média, a harmonia e as inevitáveis colisões se impõem rapidamente. Foi o que aconteceu com as duas.

— Não vamos ter problemas, né?

E por que teríamos? Já fazia tempo que eu estava longe de Amanda, e ela até andava saindo com um cara. Somos civilizados.

— Vocês são civilizados...

*

No dia em que Amanda foi embora, ouvi o CD durante pelo menos uma garrafa de Red Label. A madrugada misturava ao malte flashes da história a dois, as músicas me fazendo escorregar no limo da memória. O susto da primeira vez em que acordamos juntos, na minha cama. As ressacas curadas na cachoeira e em banhos de mar. O dia em que ela bateu a porta do meu carro e disse que nunca mais ia voltar. As voltas, o resplendor de todas as voltas.

A manhã seguinte, cobrindo a cidade de sol, mentia para mim. Agora não haveria voltas.

Quando acabei de pegar no sono, o Vítor tocou lá em casa, preocupado.

— Quer tomar uma cerveja?

— A essa hora? — e no mesmo momento me surpreendi pela inversão de papéis: ele, topando ir beber às oito da manhã para consolar o amigo; eu, o amigo, acionando os mecanismos do rigor.

— É. Agora. Partiu Nova Capela.

Mal me lembro do que Vítor me disse, ou mesmo do que eu disse, durante aquele desjejum com chope e patê de fígado. Apenas de uma frase do Vítor, que mais tarde descobri que ele roubou do Drummond.

— De tudo, fica um pouco.

*

Às vezes, fica um rato, foi o que escreveu Drummond, mas isso o Vítor não falou.

— Você lembra daquela sua frase?

— Frase?

— De tudo, fica um pouco.

— Ah, sim, ainda acho isso.

— É do Drummond.

— É?

— É.

— Não sabia. Mas o que isso tem a ver?

— Amanda.

— O que tem a Amanda?

— O que ficou dela.

— ...

— "Something". Foi "Something" o que ficou dela.

— A música da aula.

— Sim.

— Que merda, já vi que não devia ter falado para você entrar. E se ela estiver na festa?

— Nada.

— Nada o quê?

— Não vai acontecer nada.

— Sei lá, você tá estranho. Acho que a aula te fez mal.

— Não é uma música sobre separação.

— Não, não é. O professor mostrou.

— Mas é.

— Não, não é. E estamos chegando. Por favor, segura as pontas. Se a Amanda estiver na porra da festa e você se sentir mal, disfarça, faz uma social e se manda.

*

Amanda estava na festa. Com um vestido verde claro de motivos florais, queimada de sol. Linda.

Falei com ela, que me apresentou o Carlos.

— Ele foi meu professor lá no mestrado. Você sabia que eu defendi? Já até posso dar aula.

Dei parabéns a ela e ao professor Carlos.

Falei também com a Raquel, com a Rosana, com a Rê, a turma toda. Entre a cerveja e o prosseco, escolhi a cerveja. No resto da noite, conversei, dancei, botei pilha no Vítor para ele chegar na prima da Raquel. Foi uma boa festa.

Como a moça cedeu ao papo do Vítor e já estava tarde, decidi ir embora.

— Você jura que não quer esperar? Te dou carona de volta.

— Não, eu quero mesmo andar um pouco, deixar a bebida descer.

— Se cuida. Amanhã falamos.

Caminhei por três ou quatro quarteirões, as ruas vazias, até ver um táxi.

— Para a Glória, por favor.

O taxista parecia concentrado no noticiário estridente de uma rádio AM. Entre curtos boletins do tempo e do trânsito, debatia-se uma pesquisa segundo a qual o hábito de comer à noite atrapalha o ritmo do organismo. Ele não puxou papo.

— Senhor... — tomei a dianteira.

— Pode falar.

— O senhor sabe falar inglês?

— Não. Mas estou pensando em aprender, a cidade tá cheia de turistas, a gente começa a perder viagem quando não entende o que eles falam. É que nem não ter ar-condicionado no carro.

— Verdade. É importante. Cada vez mais importante.

Não falei mais nada, nem ele. Enquanto o carro vencia a Zona Sul em direção ao Centro, lembrei do professor Richard — e de Amanda. Alguém em processo de apaixonamento, pensei. E que não sabe se vai chegar lá.

— Já estamos na Cândido Mendes. Qual é o número? — o taxista me interrompeu.

— Pode me deixar na esquina com a Hermenegildo de Barros.

Agradeci, paguei a corrida e desembarquei.

No balcão da padaria ao lado de casa, pessoas com cheiro de banho recém-terminado tomavam café, de saída para o trabalho. Um burburinho de dia que começa.

Rei

NA FOLHA ARRANCADA do caderno, as músicas eram anotadas a pilot preto. Traços grossos, quase borrões, que desrespeitavam as margens da pauta. "O senhor teima em não usar os óculos para leitura, por isso não enxerga", dissera o médico uns dez anos atrás. "Por acaso, o doutor já viu o Roberto Carlos de óculos?"

Severino Antônio de Sousa, o nome. Mas todos o conheciam como Rei.

Ele próprio se esquecia, vez em quando, do registro oficial. Que constava da certidão de nascimento, e da identidade.

Só reencontrava o Severino quando, orgulhoso, sacava da carteira o papel amarelado, metodicamente dobrado em quatro partes, guardado num dos escaninhos. "Está aqui a prova", afirmava, antes de distendê-lo. "Foi o Flávio Cavalcanti que me entregou em mãos. Passou em rede nacional."

Naquela madrugada, o repertório não iria variar. "Detalhes" como canção de entrada. O pot-pourri com "Outra vez", "Proposta", "Cavalgada". "Cama e mesa", a do sabonete que te alisa embaixo do chuveiro, no fecho da apresentação. "A gente vai num crescendo, começa mais romântico e termina na sacanagem", foi o que falou ao dono da boate quando apresentou a proposta do show.

Ele invariavelmente chegava à uma da manhã. Em ponto. Meia hora depois ocuparia o palco. Os minutos entre o strip tease de Sabrina Furacão e a performance de Rhayssah. Que, assim como o Rei, tinha outro nome no RG: Alberto Fonseca dos Santos.

*

Rei trabalhava na Pussy House fazia dezessete anos e dois meses. Era o funcionário mais antigo depois de Manoel, o maître da casa. A boate não assinava carteira, mas pagava direitinho o décimo terceiro. E ele gostava de cantar lá, cercado de mulheres mais jovens. Uma delas, a Lili, dizia que a voz do Rei parecia mesmo a do Roberto Carlos.

— Foi o que o Flávio Cavalcanti disse também — concordou o Rei na primeira vez em que ela fez a comparação.

— Quem é Fábio Cavalcanti? — perguntou Lili.

— Flávio. Flávio Cavalcanti. Simplesmente o maior apresentador que este país já conheceu. Ele tinha o melhor quadro televisivo do Brasil.

— Quadro televisivo?

— Isso. Um quadro dentro do programa. O nome era "A Grande Chance". Passava na TV Tupi. Não é da sua época. Os melhores cantores do país concorriam, e naquele tempo cantor cantava mesmo. Quando um cantor lançava disco ruim, o Flávio Cavalcanti quebrava o disco todo. Sem pena. Na frente das câmeras. Agora me pergunta quem foi vice-campeão da "Grande Chance" em 1967?

— Quem?

— Este aqui que vos fala. O Rei. Cantei "A volta", dos Vips, para o Municipal lotado.

— Vips?

— Também não são da sua época. Olha aqui — e ele tirou da carteira o certificado de vice-campeão de "A Grande Chance".

*

FLÁVIO CAVALCANTI, Os Vips, "A Grande Chance".
Depois de quase uma década trabalhando ao lado
do Rei, Lili já havia decorado o discurso. Sabia exatamente a ordem em que viriam as palavras, a pausa
dramática antes do momento em que a carteira era
retirada do bolso, a solene abertura do papel.

Às vezes, Rei cantarolava.

"Estou guardando o que há de bom em mim
Para lhe dar quando você chegar."

— É do Roberto e do Erasmo, foi um tremendo
sucesso com Os Vips. Naquela época os cantores
cantavam mesmo.

— E hoje, Rei, vai cantar o quê?

Era Seu Roberval Machado, o gerente da Pussy
House.

— Pensei em variar. Começar já com o pot-pourri
mais quente.

— Já te avisei que esse negócio de Roberto Carlos...

*

DESDE QUE GANHARA uns quilos, e a idade pesou,
Lili deixara o palco. Como todos gostavam dela, se
arrumou como maquiadora por ali mesmo.

Rei não passava maquiagem, mas ela dava uma força na pintura do cabelo. Ele fazia rinsagem para deixar os fios bem pretos. De resto, era só vestir o terno branco e prender a pena azul, com o grampo, um pouco acima da orelha.

— O que você vai fazer quando se aposentar? — perguntou Lili numa quarta-feira, enquanto ele penteava os cabelos.

— Vou morrer cantando.

— Roberto Carlos?

— Claro.

— Eu vou abrir um salão lá perto de casa. Estou juntando dinheiro, já chamei uma amiga para ser sócia. Ela também é de Magé e manda bem de manicure. Já até vi umas lojas e...

— Que grito é esse?

Lili diminuiu o volume do rádio.

— Parece que estão te chamando lá em cima.

— É hora de entrar?

— Não. Estão te chamando no escritório.

— Agora? Bom, se demorar pede para a Rhayssah entrar que eu entro depois.

— Corre lá.

*

Seu Roberval esperava com um copo de scotch à mão e as pernas esticadas sobre a mesa.

— Pode sentar.

— Obrigado. Mas está quase na hora do show. É conversa demorada?

— Mais ou menos. Rei, há quanto tempo a gente se conhece?

— Hum, não sei. Quinze anos?

— Dezesseis. Quando cheguei aqui, você estava há mais ou menos um ano.

— Deve ser isso.

— Naquela época, o Roberto Carlos vendia mais de um milhão de discos.

— ...

— Os motéis viviam lotados. Tinha fila em motel.

— Não estou entendendo.

— Então vai ser papo reto, tá certo? A empresa faturou este mês 36% a menos do que no mesmo mês do ano passado. Com a putaria correndo solta na internet, a coisa ficou esquisita para a gente. Ninguém quer saber de romantismo, o negócio é pau dentro. O novo dono não quer mimimi, quer resultado.

E o novo dono era simplesmente o novo dono. Ninguém, na Pussy House, sabia seu nome. Onde morava. O que fazia, além de ser dono.

— Sabe quantas gerações já se casaram por causa do Roberto Carlos?

— Porra, Rei, e quem é que vem a puteiro atrás de casamento? Deixa te perguntar um bagulho. Você prefere comer caviar dividindo com todo mundo ou prefere comer merda sozinho?

— Não entendi.

— É o seguinte. A ordem, aqui, é encher a casa. Mulher pelada no queijo, as bonecas falando piada sobre pau e cu, e depois mais mulher pelada no queijo. Fazer dinheiro para pagar a você, a todo mundo. Esse seu Roberto Carlos aí já não paga a ninguém.

*

— E aí, o que eles queriam?

— De novo aquela conversa sobre o repertório, Lili. Que o Roberto Carlos isso, que o Roberto Carlos aquilo.

— Abre seu olho, Rei. Abre seu olho.

— Você quer apostar que se eu fizer um show só de Roberto Carlos eu loto essa casa aqui?

— Sem mulher pelada?

— Sem mulher pelada. Só eu no palco.

— Você tá maluco, só pode estar.

— Você me disse que está guardando dinheiro para abrir seu salão, certo?

— Certo.

— Também juntei um qualquer. Para o caso de a voz fraquejar, dar alguma merda na vida.

— Fez bem. Na sua idade...

— Vou alugar a Pussy House.

— É o quê?

— Alugar. Vou alugar por uma noite e fazer meu show. "Rei e as imortais canções do Rei."

— Escuta um conselho da sua amiga Lili: não faz merda.

— Vai lotar. Recupero o investimento e ainda ganho moral.

*

Com o amigo Ancelmo, pianista que conhecia desde o período de "A Grande Chance", Rei conseguiu quarenta e oito playbacks de músicas do Roberto Carlos. Ancelmo caprichou. Não bastasse o acompanhamento ao piano, incrementou os arranjos com efeitos de percussão, baixo e violino, disponíveis na memória do teclado.

Foram seis semanas de ensaio. De um lado, o gravador do celular; do outro, o micro system onde girava o CD com os playbacks. Ressoando pelas paredes finas da quitinete, a voz do Rei procurava o melhor encaixe nas bases, o tom mais adequado a cada canção. Ele cantava, depois repetia, insistia ainda uma vez.

As músicas seriam interpretadas na ordem histórica. "Vou dar um panorama geral da carreira do Roberto. Começando pela Jovem Guarda, passando pela fase romântica e chegando nas mensagens ecológicas, que são tão bonitas", confidenciou à Lili. "Difícil é escolher só vinte e cinco. São tantos sucessos, tantas coisas maravilhosas."

— Não pode ser mais que vinte e cinco? — ela perguntou.

— Não. O show tem que ser no tamanho certo. O público precisa sentir que queria mais e não vai ter. Sentir vontade de voltar.

— Mas não vai ser uma vez só?

— Quem sabe?

*

A NEGOCIAÇÃO COM Seu Roberval não foi difícil. Autorizado pelo dono da boate, o gerente ofereceu uma segunda-feira ao Rei. Como era o dia menos concorrido na Pussy House, nem seria cobrado o aluguel. Bastaria o Rei arcar com os custos básicos da noite — energia e pessoal.

"O dinheiro arrecadado com a venda de ingressos caberá ao locatário, enquanto o montante amealhado com a comercialização de bebidas e alimentos será integralmente revertido à Copa Rio Comércio e Entretenimento Ltda. (nome fantasia: Pussy House)", dispunha o contrato.

Rei obteve autorização também para divulgar o show em suas exibições diárias no palco da casa.

— Se você gostou dessa pequena apresentação, não perca o espetáculo do dia 26: "Rei e as imortais canções do Rei". Uma noite de puro romantismo e muita sensualidade no coração da Lapa.

*

DO DINHEIRO GUARDADO na caderneta de poupança, sobrou quase nada. Ainda que não tivesse precisado pagar pelo aluguel da Pussy House, Rei gastara um tanto com os custos fixos da boate, panfletos de divulgação depositados nas caixas de correios com a ajuda dos porteiros, faixas e cartazes que foram espalhados pelo Centro da cidade. O terno novo, branco como os demais, tampouco custara barato. Mas a ocasião pedia.

E a venda antecipada de ingressos havia sido animadora. Mais de trinta, em uma casa com capacidade máxima de cem pessoas.

*

No DIA TÃO ESPERADO, Lili chegou cedo à boate para auxiliar nos preparativos. As outras meninas também deram uma ajuda, enchendo as bolas que enfeitariam o teto e espalhando, sobre as mesas, o roteiro do show. O folder trazia o título e o ano de cada canção, além de uma pequena biografia do Rei, com destaque para a reprodução de parte do diploma de vice-campeão do programa "A Grande Chance" em 1967.

Em casa, antes de sair, Rei fez a última revisão nas músicas selecionadas. Foi de táxi para a boate, ainda usando o dinheiro da poupança. Duas horas antes da apresentação, já estava sentado na cadeira do camarim. Queria dar tempo para que naquela noite, excepcionalmente, Lili o maquiasse.

— Está nervoso? — ela perguntou, enquanto passava o pó nas bochechas e na testa.

— Nem um pouquinho. Ensaiei muito.

— A casa está cheia.

— Eu nunca tive dúvidas.

— Boa sorte. Vai lá e arrebenta.

— Obrigado.

*

— ELE, QUE brilhou na TV. Ele, que encantou Flávio Cavalcanti. Ele, que emocionou o Theatro Municipal. O maior intérprete brasileiro de Roberto Carlos. Com vocês, o Rei!

Assim que Manoel, maître e agora dublê de apresentador, o anunciou, ele subiu ao palco.

> "Splish, splash
> Fez o beijo que eu dei
> Nela dentro do cinema
> Todo mundo olhou me condenando
> Só porque eu estava amando"

Uma, duas passagens, os aplausos. Forçando os olhos para driblar o problema de visão e a luz intensa que ia em sua direção, Rei pôde constatar: entre costumeiros frequentadores, antigos conhecidos, garçons da região e as meninas da casa, a boate estava mesmo lotada.

A comprovação deu ainda mais confiança e, playback atrás de playback, ele foi cumprindo o repertório. "Como é grande o meu amor por você", "Proposta", "Lady Laura". De canção a canção, aplausos se multiplicavam. Aumentavam de volume. Até explodir na cena final, na qual Rei se permitiu não obedecer à linearidade do roteiro. Pôs sobre a cabeça um chapéu-coco e cantou "Emoções", evocando a famosa participação de Roberto num especial da TV Globo. Quando voltou para o bis, com amigo de fé irmão camarada e muitas rosas atiradas para a plateia, a Pussy House estava no bolso.

— Que noite espetacular! Você fez mais sucesso do que o Roberto Carlos original — disse-lhe Seu Roberval assim que Rei retornou ao camarim. — O dono da casa mandou lhe dar os parabéns.

— Ele veio?

— Não pôde vir, sabe como é, é uma pessoa extremamente ocupada, mas ficou muito feliz. Deixei para você um crédito de cinco cervejas no bar.

Depois passa no borderô para pegar a grana dos ingressos. Poupancinha boa!

— Pode deixar — respondeu o Rei. — Cadê a Lili?

— Está ajudando a fechar as contas lá em cima. Quer que eu chame?

— Não precisa. Eu vou até lá.

Rei guardou o terno na mochila — no dia seguinte, mandaria lavar no tintureiro. Foi até o lavatório, refrescou o rosto e os cabelos com água fria. Depois vestiu calça jeans, um blusão de mangas curtas e subiu as escadas. Algumas pessoas o esperavam, para cumprimentar, elogiar o show.

De longe, viu Lili no caixa. Acenou para ela, que respondeu com os polegares ao alto. Rei disse já vou aí, mas Lili não pôde ouvir por conta do barulho. Tomou uma, duas cervejas. Deixou as demais no crédito.

Sem pressa, atravessou até o caixa.

— Foi emocionante — disse Lili. — Você é o maior.

— Maior é Deus — ele retrucou, sorrindo com surpreendente timidez.

— Está tudinho aqui.

Rei pôs o envelope no bolso da mochila.

— Não vai conferir?

— Confio em você.

— Parabéns de novo.

— Obrigado — ele respondeu já se encaminhando à saída. Pararia apenas para o rápido sanduíche de contrafilé no Ramos, o bar ao lado, antes de tomar o ônibus rumo à própria casa. Queria tomar um banho, descansar. No dia seguinte, por volta de uma da manhã, era preciso estar de volta à Pussy House.

Nomes de Deus

ELOAH, ELOHIM, EL Shaddai, Jeová, Adonai. Também pode ser El-Olam, El Roi, Kadosh, Nosso Senhor ou simplesmente Deus. Todos nomes sagrados, das Escrituras. Não é certo estarem aqui.

Por isso eu faço esse trabalho, é minha missão na Terra. Nos fins de semana, como ontem e ante-ontem, rodo pelos bairros. De preferência os mais chiques, que costumam desprezar o que é bendito. Ontem fui ao Leblon. Passei pela Visconde de Albuquerque, pela Vieira Souto, pela Ataulfo de Paiva. Quando peço para mexer nas latas, os porteiros não recusam. Olham para minhas roupas — os simples serão abençoados, disse Jesus de Nazaré — e pensam que sou mendigo, que estou atrás de comida.

Os fins de semana rendem pouco trabalho. Nos dias comuns, quando vou aos grandes lixões, é que a produção cresce. Na terça passada, em Jardim Gramacho, levei cinco horas fazendo a cata, e depois mais cinco organizando os papéis. O sistema é rigoroso: primeiro, separo em sacos plásticos tudo o que achei. Depois, organizo pelo nome. Só então carrego o material para casa. São vinte e duas pilhas, separadas nos vinte e dois escaninhos da estante que construí com restos de madeira encontrados nos próprios lixões. Cada pilha tem uma letra, a letra inicial do nome. Não tem como se perder, mesmo com o quarto cheio do jeito que está. Mas ainda cabe algum papel. Quando lotar é que vou ter que procurar uma solução. Nessas horas, Deus ajuda.

A Cristina dormia no quarto dos papéis — assim o chamo. Mandei fazer uma placa de madeira em que está escrito "Quarto dos Papéis" e pendurei na porta. Cristina não iria se importar, ela hoje dorme perto do Salvador.

Quando Ele a chamou, decidi tocar o projeto. Se Ele a levou é porque havia um motivo, Deus é quem sabe das coisas, nós não somos nada, somos o pó, como rezam os Salmos.

Os amigos, meus e da Cristina, estranharam minha decisão e aos poucos se afastaram. Dizem que fiquei maluco, como se dedicar a vida a Deus fosse uma insensatez. Não sabem o que fazem, os pobres-diabos. Minha alegria maior é servir a Deus impedindo que Seu nome seja maculado pela sujeira. As pessoas não têm respeito.

Terça-feira, lá em Gramacho, encontrei uma Bíblia inteira. Estava sem a capa, algumas páginas faltando. É a palavra de Deus ali dentro. Não pode ser misturada com casca de banana, móvel velho, garrafa pet.

Às vezes, preciso brigar com urubus, porcos e ratos, que buscam comida no lixão. Às vezes, são famílias inteiras. De homens, mesmo. Já os conheço. Eles catam objetos para reciclagem e tentam a sorte de se deparar com algum material de valor. As pessoas jogam fora cada coisa.

O Tonico é quem tem mais estrela, faro de lobo. Certa feita encontrou um cordão de ouro. Era só a corrente, sem pingente, nem nada, mas fez um bom dinheiro. Mônica, a mulher dele, ganhou vestido novo. O moleque ficou que era todo alegria com o caminhão de madeira. É igual aos caminhões que vêm aqui despejar o lixo, ele disse. Os caminhões chegam o tempo todo e jogam o conteúdo de suas caçambas no terreno. Depois vão embora, para voltar mais tarde.

Todo mundo em Gramacho me trata bem. Eles me veem como alguém diferente, já que não vou lá atrás de recicláveis ou bens materiais de valor. Mas nunca me olharam estranho por isso. Quando acham algum papel com o nome de Deus, avisam depressa, ou guardam para mim. Ô Divino, vem cá, tem coisa pra você aqui. E eu vou, agradecido, com meu saco plástico.

Não sei se me chamam de Divino por causa do meu ofício ou devido à capa que uso pendurada nas costas. É uma distinção, que Nosso Senhor me ordenou. Bordei uma cruz nela, a cruz da Crucificação, para lembrar diariamente do sacrifício de Jesus, que não se compara ao meu. Uso um chapéu também, para me proteger do sol. O resto da roupa é o que estiver à mão.

Logo que eu o conheci, o Tonico me perguntou se eu tinha mulher e filhos. Expliquei que tenho mulher, sim, a Cristina, mas filhos, não. A Cristina é uma esposa exemplar. Estamos há muitos anos juntos. A Mônica quis saber por que nunca levo a Cristina para o lixão.

Na terça-feira, além da Bíblia, encontrei santinhos, um pequeno livro de catequese, o roteiro da missa. Tudo molhado de chorume. Fedia. Borrifei perfume em cima das folhas e estiquei-as numa pedra, para pegar sol. Secaram bem, o cheiro melhorou, já estão no Quarto dos Papéis.

Me senti muito cansado. Ao chegar em casa, peguei no sono antes mesmo de jantar. Não é fácil labutar o dia todo e depois ter que enfrentar o ônibus cheio. Cristina não entende, ela acha que minha missão é inútil. Às vezes, não reconheço mais a Cristina.

Já pedi que me ajudasse, que fosse comigo, mas ela se nega. Dois poderiam render muito mais do que um. Recuperaríamos muito mais material, que poderia ser acondicionado em parte da sala, ou no segundo banheiro, que quase não tem uso. Cristina reclama que a casa era da família dela, que está virando um muquifo. "Você, um engenheiro formado." Cristina não entende. Se ela fosse comigo...

Então eu vou sozinho, mas o trabalho parece que não termina nunca. A cada visita às lixeiras dos prédios, a cada ida ao lixão, reúno mais material, salvo mais papéis da imundície dos homens.

Quando Deus ordenou que eu vestisse a capa, sabia que seria para sempre.

Penso que foi por isso que Ele levou a Cristina. Para que eu pudesse me dedicar totalmente à missão. Sou um soldado. Trago a morte dentro de mim, não tenho medo dela. E Deus é quem sabe das coisas, Ele conhece a nossa estrutura e se compadece dos que O temem.

Ontem Cristina recomendou que eu procurasse um médico. A Márcia, lembra dela?, indicou o dr. Aderbal, ela disse. Minha saúde está ótima. Se não estivesse, como eu aguentaria andar o dia todo, me agachar, voltar a levantar, recolher papéis? Cristina tem andado com más companhias, e más companhias queimam como o inferno.

A maior pilha do Quarto de Papéis é a da letra E. Deus tem muitos nomes com a letra E.

Prometi ao Tonico que ainda este ano levarei a Cristina ao lixão. Até o moleque já pergunta pela tia Cristina, e não posso deixar que pensem que sou mentiroso. Não vai ser fácil convencê-la, ela não gosta de lugares com sujeira. Antes de dormir com a Cristina, sempre tomo banho. Gosto de sentir o corpo limpo depois de tanta porcaria encostando nele. A única peça que não lavo é a capa. Cristina reclama. Ela reclama o dia todo.

O homem de discernimento mantém a sabedoria em vista, mas os olhos do tolo vagueiam até os confins da terra, ensinam os Provérbios. O mundo está repleto de tolos, descrentes de Deus.

O Tonico me contou que ultimamente está tirando oitenta reais por semana do lixo. Agora, o moleque ajuda na função de catar, com a Mônica são seis mãos na labuta. Falei com ele que para mim nada mudou. A quantidade de papéis que encontro, seja nas lixeiras dos edifícios, seja no lixão, é mais ou menos a mesma desde que comecei a minha missão. Sinto falta da Cristina, mas ela está bem onde está. Melhor do que nós.

A Mônica e o Tonico moram perto do lixão. Um barraco de tábuas, telhas e pedaços de lona. Já pensei em chamá-los para ficar lá em casa, mas o quarto está quase lotado, e a sala também. As pilhas de papel com as últimas letras do alfabeto, eu coloquei no segundo banheiro. Não há espaço para mais ninguém, além de mim e da Cristina. A casa era da família dela. Estou organizando tudo. Se a gente não organiza o mundo ao redor, fica desorganizado por dentro também.

Qualquer dia desses vou levar a Cristina ao lixão, para apresentar ao Tonico, à Mônica e ao menino. Prometi isso ao Tonico hoje à tarde. Ele me pediu ajuda para montar um boneco que encontrou. Parecia que só tinha a cabeça, mas com a escavação o resto do corpo apareceu. Bastava montá-lo. Eu ajudei o Tonico, quando pequeno eu montava uns aviões que ganhava da minha mãe, sou bom com trabalhos manuais. Daí ele me disse somos amigos e já que estamos só nós dois posso te fazer uma pergunta, e eu disse claro que pode, pensando que ele perguntaria por que separo no lixo os papéis que trazem o nome de Deus, mas não. Ele perguntou por que afinal Deus tem tantos nomes. Eu não tenho ideia, repliquei. E lembrei os Provérbios, quem muito fala trai a confidência, mas quem merece confiança guarda o segredo, antes de perguntar se ele guardaria um segredo. Tonico falou que é meu amigo, e amigos guardam confiança e segredos, e que não diria nada nem à Mônica, a quem ele mais ama. Acordamos que eu também não comentaria com a Cristina sobre a nossa conversa, e então respondi que entre tantos nomes, tantas pilhas de papel, tantos escaninhos, tantas letras E, deve haver um Nome. Que desconfio que o nome de Deus, o verdadeiro, o altíssimo, é um só, e Ele vai sussurrá-lo em meu ouvido, agradecido, quando nos encontrarmos lá no céu.

Jantar a dois

ERA NOITE DE segunda-feira. Fazia frio para os padrões cariocas, embora o inverno já tivesse ficado para trás. Havia poucas mesas ocupadas.

Ele usava blazer azul-marinho com dois grandes botões dourados, calça social bege, a camisa branca para dentro, bem presa pelo cinto. Ela trajava um vestido grená. Estava maquiada, excessivamente maquiada. O pingente em forma de coração brilhava sobre o veludo do vestido.

Após cruzar a porta de entrada, circularam por toda a área do restaurante. Hesitavam entre os tantos lugares disponíveis. Acabaram por optar por uma mesa colada à parede, no último corredor sob a perspectiva de quem chega. Talvez quisessem discrição.

— Boa noite.

— Boa noite — ele respondeu ao maître de sotaque afrancesado que lhe entregara o menu.

Ela nada falou.

— O senhor me traz uma taça de vinho tinto, por favor? Cabernet ou Malbec. Ela vai querer...

— Um suco. Um suco de laranja.

O maître anotou os pedidos e se retirou.

Com o cardápio à mão, óculos dispostos especialmente para a leitura, ele sugeriu.

— Quer o filé ao poivre? Você gosta de carne apimentada.

— Vou olhar ainda — ela respondeu, e depositou a bolsa sobre a mesa. Procurava algo, que logo se revelaria. O celular.

— O filé vem com batata gratinada, aquela que leva creme no meio. Você gosta.

Ela meneou sutilmente a cabeça, sem desgrudar os olhos do telefone.

— Ou uma coisa mais leve. Tem linguado grelhado com molho de uvas. Vem com legumes.

— Gostariam do couvert da casa?

O maître, de volta.

— Não, obrigado — ele disse — Se a gente comer o couvert, depois vai deixar metade do prato.

Agora se voltava para ela, que trocara o celular pelo canudo do suco. Mexia o canudo, em movimentos circulares, misturando o sumo viscoso à parte mais líquida. Haviam se apartado dentro do copo.

— E então? Decidiram? Eu sugeriria o carré de cordeiro. Tem feito muito sucesso.

— Pode trazer mais uma taça de vinho, por favor? Quando vier, a gente pede — ele prometeu.

O maître se afastou em direção ao bar.

— Vou querer o cordeiro — ela murmurou.

— Mas você não gosta de cordeiro.

— Como você sabe que eu não gosto?

— Nunca, nesses vinte e oito anos, eu vi você comendo cordeiro.

— Sua taça de vinho, senhor. Posso anotar os pedidos?

— Claro. Ela vai querer o cordeiro — ele disse, buscando na expressão dela uma nesga de confirmação que não veio. — Pra mim, você pode trazer o filé com molho de mostarda e batatas coradas.

— Ótimas escolhas. Qual o ponto da carne?

— Ao ponto pra mal.

— Perfeito — e o maître recolheu os cardápios.

Terminado o suco, ela se pôs a brincar com o guardanapo. Dobrava em duas partes, depois em quatro, em oito, até que o pano se transformasse num cubo branco de pontas arredondadas. Depois desfazia as dobras, e recomeçava o trabalho.

Ele, com a vista fincada na toalha da mesa, manuseava os talheres. Verificou, com a ponta do dedo, se o serrilhado da faca era adequado ao corte da carne. Em seguida pegou os óculos. Limpou-os com a barra da camisa, que escapara do cinto. Esticando os braços, ergueu a armação no sentido da luminária que ficava presa à parede, a fim de checar a transparência das lentes. Guardou, enfim, no estojo. Ela continuava ocupada com a dobradura dos guardanapos.

— Já são quase onze horas — ele comentou.

— É.

— Tomara que os pratos não demorem.

— É.

Não demoraram.

— Mais um suco, senhora?

Ela assentiu com um gesto.

— E uma água sem gás — ele pediu.

Enquanto comiam, alteraram a atenção entre o cordeiro, o filé e o ambiente do restaurante. Observavam os outros clientes, seus pratos. Por duas ou três vezes os olhares se encontraram, sem no entanto se deter.

— Apreciaram a comida?

O maître, novamente.

— Estava ótima — ela disse.

Ele concordou, sem pronunciar palavra.

— Permitem que eu traga a carta de sobremesa?

— Agradeço, mas não precisa, nós dois estamos com o açúcar alto. E eu já tomei vinho. Vamos querer só um café.

— Um?

— Dois. E a conta.

Ela sacou mais uma vez a bolsa. Abriu, tirou a carteira.

— Nem pensar. Hoje eu pago. É dia de comemoração.

— É — ela arriscou um sorriso que não chegava a expor os dentes.

— Aqui, senhor. Precisa da máquina do cartão?

— Vai ser em cheque.

Ele preencheu sem que ela pudesse entrever o valor. Chamou o maître num aceno com a mão direita, entregou o cheque.

— Feliz aniversário, querida.

— Obrigada, querido.

— Vamos?

— Vamos.

E se foram.

Domingo no Maracanã

NÃO FOI FÁCIL convencer o pai, que vivia a repetir: vinte e dois homens correndo atrás de uma bola, que graça tem isso?

Mas Rita, a mãe, também gostava de futebol. E deu o ultimato: o Maracanã vai reabrir na semana que vem, a menina nunca foi lá, vê se toma vergonha e leva ela.

Como a maré não andava boa no casamento, Adolfo desistiu de sacar mais uma vez o velho argumento de que esse negócio de garota no futebol não dá coisa boa no futuro. Acabou consentindo.

— Abre em que dia?

— Na segunda, mas só para convidado.

— Então vamos na terça — decretou, acenando com o armistício.

Assim que soube, Bia correu para contar aos amigos. Primeiro à Tati e ao Sérgio, que eram os do peito, depois o resto da turma. Todos já conheciam o famoso estádio.

— Mas vai só visitar? Não tem jogo no dia?

Não tinha e pouco importava, como ela disse, ainda esbaforida, ao chegar à casa do Sérgio. Ele também torcia para o Fluminense, ele e a Tati. Os três gostavam de ver juntos as partidas quando passavam na TV.

— O que vale é em jogo. Visita assim é coisa de gringo, de turista. Babaquice.

Bia não titubeou.

— Você foi ao estádio velho. Eu vou conhecer o novo, todo modernão; tem teto e ar condicionado. Depois te conto como é — e saiu, envernizada de orgulho, para encontrar a Tati.

*

— Sabia que seu pai gostava de futebol? Quer dizer, gosta até hoje, mas fala que não gosta. Porque ele é viúva da final de 85.

— Viúva? Meu pai já foi casado antes?

— Não. Viúva é modo de dizer. Ele é viúva porque o Bangu perdeu a final do Campeonato Brasileiro pro Coritiba em pleno Maracanã. As torcidas dos times do Rio, Flamengo, Fluminense, Vasco, Botafogo, estavam todas lá, juntas, dando apoio ao Bangu. Foi um chororô danado.

— O Bangu perdeu?

— Empatou, aí o jogo foi para os pênaltis e deu tudo errado.

— Será que tem no YouTube?

— Ah, não sei. De repente tem algumas partes.

— O papai estava no Maracanã?

— Estava. Mas depois disso nunca mais voltou. Virou trauma mesmo.

*

A MAIOR DÚVIDA de Bia era saber que camisa usar no dia da visita. A da Seleção Brasileira, já toda puída, a do Flu, que era nova e além de tudo do seu time, ou a do Bangu, para agradar ao pai.

Decidiu-se pelo Bangu.

Adolfo não abriu a guarda, mas gostou quando viu a filha sair do quarto com a blusa em listras brancas e vermelhas.

— Vamos de metrô.

O metrô seria outra estreia. Bia não saía muito de Madureira. De casa para a escola, que ficava em Piedade, ali bem perto, da escola para casa. Sempre de ônibus. Quando queria visitar os amigos, ia a pé. Todos viviam pelos arredores.

Às vezes, o pai a levava ao Polo 1, uma galeria chique na Estrada do Portela. Ou para ver os bombeiros debaixo do viaduto Negrão de Lima, aos domingos, simulando salvamentos. Mais raramente eles iam ao cinema do Madureira Shopping.

Bia ainda não podia andar sozinha na rua.

— Só quando fizer doze anos — o pai repetia.

*

DEPOIS DO CAFÉ com leite preparado pela mãe, Bia e o pai seguiram para o ponto de ônibus da Rua Carvalho de Sousa. A manhã principiava. Com medo das filas, Adolfo queria chegar cedo ao estádio. Primeiro dia aberto, coisa e tal.

A mãe teve o cuidado de preparar sanduíches de apresuntado para os dois. Fez um pequeno embrulho em papel-alumínio, com os sanduíches e o refresco de maracujá.

— Não deve ter nada aberto lá, ainda tem obra acontecendo.

Quando chegaram à estação do metrô, Bia pensou em perguntar ao pai sobre a final de 85, os pormenores de um trauma de tantos anos. Mas desistiu. Teve medo de estragar um dia tão especial.

— Pai, me leva ao Fla x Flu?

— Nem pensar.

— Mas é decisão do campeonato.

— Por isso mesmo. Vai estar lotado, sempre tem briga. A porrada come. E mulher em estádio...

— Até a Tati vai. O Sérgio também. E o Jonas.

— Se os outros pais são irresponsáveis, não posso fazer nada.

— Mas pai... O Sérgio falou que quando está muito cheio é que é legal. A torcida começa a pular, a gente sente o chão vibrando.

— Não. E não insiste.

— E em outro jogo do Fluminense? Você me leva?

— Vamos ver, vamos ver. Ano que vem.

— Mas você disse a mesma coisa no ano passado.

— Ano que vem, ano que vem.

*

Os dois saltaram na Estação São Francisco Xavier, que nem era a mais próxima, e caminharam na direção do Maracanã. O relógio ainda não marcava nove horas, mas já havia na entrada do estádio o alvoroço de pais, crianças, bolas de gás, barraquinhas de cachorro-quente e algodão-doce. As cores de um domingo digno do nome.

O pai resmungou algo sobre o tempo que perderiam ali, Bia tentava adivinhar como seria ver o campo tão célebre pela primeira vez. Sérgio tinha lhe contado que, depois da roleta, a gente sobe uma rampa grande, que desemboca no corredor do estádio. Depois, é só escolher um dos túneis e caminhar por alguns segundos até que o gramado se descortine numa visão de cima para baixo.

— Coisa de filme — disse o Sérgio.

A fila era apenas um ingrediente a mais na ansiedade.

— Não vamos demorar, sua mãe está preparando o almoço.

— Mas, pai, quero ver tudo.

— Vamos ver tudo, só não vamos demorar.

*

EM POUCO MENOS de uma hora, chegou a vez deles. Adolfo retirou os ingressos e os dois se encaminharam para a roleta. Assim que passou, Bia desatou a correr, e o pai calma, calma, menina, tentando acompanhá-la.

— O campo, quero ver o campo — ela desembestou na subida da rampa de acesso.

Ao alcançar o túnel, a frustração. Uma fita preta e amarela impedia a passagem.

O segurança informou:

que ela não podia entrar

que somente parte do estádio estava aberta

que deveriam aguardar ali

que um funcionário viria para orientar a visita.

Mais dez minutos e o funcionário chegou. Explicou que ainda havia obras de acabamento, mas que os visitantes conheceriam as novas arquibancadas, um dos vestiários, os camarotes, a sala de imprensa, e veriam também o campo, embora sem a grama totalmente crescida. Tudo estava ainda sendo preparado para a reabertura oficial, no Fla x Flu decisivo.

A primeira parada foi o camarote.

— São 110 unidades, cada uma com 80 metros quadrados. Como vocês podem ver, tem bar, ar condicionado e espaço lounge. Queremos dar todo o conforto aos torcedores. No passado, eles ficavam amontoados.

O funcionário esclareceu que, antes, muita gente via o jogo em pé, e agora a FIFA proibia isso. Que não haveria mais a sensação de que o estádio iria cair com a multidão pulando. Que o Maracanã seria reinaugurado dentro de padrões internacionais.

— Primeiro Mundo, meus caros amigos. Primeiro Mundo.

*

O GRUPO JÁ se dirigia ao vestiário quando Bia pediu ao pai para ir ao banheiro. Adolfo recorreu ao funcionário, que, entre afável e impaciente, disse para a garota pegar o corredor principal e virar à esquerda depois do terceiro túnel.

— Vou lá com você.

— Não precisa, pai. Aqui não é rua. A gente está dentro do estádio. É seguro.

— Tudo bem, mas não demora. Não quero deixar ninguém esperando.

A garota concordou e se foi. Percorridos alguns metros, alcançou o terceiro túnel. Logo depois havia um buraco na parede. Não lhe parecia um banheiro, mas ela imaginou que, por causa das obras, pudessem ter feito algum tipo de improviso.

Após hesitar um pouco, entrou no buraco, que era pouco maior que seu metro e trinta de altura.

O cheiro de umidade tomava todo o espaço, pouco se podia enxergar. Bia esperou uma ínfima fração de tempo até que o ambiente ficasse mais nítido aos olhos e não, não havia banheiro ali. Apenas algumas tábuas de madeira, tijolos, um carrinho de mão.

Da parede ainda no chapisco e sem esboço, próxima ao carrinho, saía o feixe de luz, uma luz leitosa, que se projetava sala adentro, rasgando a escuridão. Os grãos de poeira flutuavam no fio luminoso. Bia se aproximou. Era um furo, com dois ou três centímetros de diâmetro, no concreto.

Curiosa, ela plantou as mãos na parede e encostou o olho direito na fenda, fechando o outro olho para firmar a visão.

A abrupta claridade a cegara por um átimo, tremeluzindo na retina, mas aos poucos as imagens ganharam nitidez. Havia um gramado, traves. O primeiro movimento que notou foi o das bandeiras, que transformavam as arquibancadas num compacto movediço. O foco, porém, logo se fixou no campo. Na bola. Uma esfera amarronzada que mal se distinguia do tapete verde no qual deslizava, alguns metros à frente do jogador. A camisa azul, azul-celeste, somava mais uma cor ao plano. Durante a corrida, as pisadas são firmes, chegam a levantar terra. O jogador invade a grande área pela direita, firma o pé de apoio, arma o chute, bate rasteiro. A bola dá um, dois quiques. Então o salto arrojado do goleiro, que se estica e a desvia, com as pontas dos dedos, na direção da linha de fundo. A cena estava na memória, Bia já tinha visto em filmes, na internet. Conhecia de cor. Mas não com o final que se desenhou.

Atônita, a garota desencostou o rosto da parede. Esfregou os dois olhos com o dorso da mão, tentando reorganizar o raciocínio, e se aproximou novamente.

As cenas se desenrolavam, sucessivas, como reprises de TV. A Seleção Brasileira, o Uruguai, o Flamengo, seu Fluminense, times cujo uniforme não podia discernir. E muitos, muitos jogadores. Alguns dos quais identificava, outros que nunca vira na vida.

Bia desgrudou mais uma vez da parede, respirou fundo, voltou a olhar.

As arquibancadas estavam tomadas de gente. Na geral, pescoços disputando lugar. Não havia divisão entre as torcidas, coladas umas nas outras sem conflito. Com o número onze estampado às costas da camisa branca, o jogador se prepara para cobrar o pênalti. Parece confiante. Ele mira firmemente os olhos do goleiro. O apito do juiz não chega a ser ouvido, já que não há som, mas Bia vê a corrida de encontro à bola, o pé esquerdo que sugere a batida de chapa no canto direito da trave e, num repente, gira. O goleiro cai para a direita. Durante a queda, é capaz de perceber que a bola foi para o outro lado. Ele torce, por um segundo, enquanto o joelho roça a grama e o corpo desliza. Torce. Talvez o chute tenha sido aberto demais, elevado demais, mas não. A bola toca a trave esquerda, a meia altura, quica dentro do gol. Há outro pênalti a ser batido, outros dois pênaltis. Que, contudo, empalidecem ante a cena que acabara de se desenrolar. E do torvelinho que virá, o estádio em festa, jogadores amontoados num abraço coletivo, estirados no campo, ajoelhados em prece, correndo já sem camisa, às mãos uma imensa bandeira do Bangu.

Aquela fenda — e Bia então percebeu — guardava os lances que por um detalhe não aconteceram.

*

— Bia! — e o grito reverberava pelos corredores do estádio — Bia!

A garota atravessou o buraco e berrou de volta.

— Aqui! Me perdi, pai.

— Porra, é por isso que não posso deixar você andar sozinha. A excursão já está longe.

Com a ajuda do segurança, os dois encontraram os demais visitantes e cumpriram as etapas que faltavam: vestiário, arquibancada, sala de imprensa. A vontade de ir ao banheiro foi esquecida.

Depois tomaram o metrô. Lancharam ainda dentro do ônibus e chegaram a Madureira a tempo de pegar o almoço. Almôndegas com purê de batata, que Rita preparava tão bem, caprichando no molho da carne.

*

Bia passou os dias seguintes à visita pensando se deveria contar a alguém sobre a tal fenda. Pensou em revelar ao pai, que não acreditaria, claro; à Tati, talvez; ou ao Sérgio, que, cético como era, possivelmente caçoaria de sua descoberta. Viu o bicho-papão lá também?

Decidiu, pois, convencer Adolfo a fazer outra visita ao estádio. Assim poderia levá-lo até o buraco e mostrar a ele tudo aquilo. Chutes, defesas, gols. Com sorte, o pai poderia enfim ver o Bangu campeão. O grande campeão de 1985.

O desafio era persuadi-lo, e nisso a mãe ajudou. Ela disse que também queria ver como ficou o novo Maracanã. Adolfo que se virasse.

Ele, óbvio, se virou. No domingo seguinte, estavam os três, sanduíches de apresuntado e refrescos à mão, aguardando o ônibus no ponto da Carvalho de Sousa. Durante a viagem de metrô, a mãe contou à filha que quando mais jovem tinha medo de circular por debaixo da terra.

— Sua mãe é claustrofóbica.

— O que é isso?

— É quando a pessoa tem pavor de ficar presa em algum lugar.

— Não sou claustrofóbica, só não gosto de me sentir presa.

— Ela não gosta de se meter no meio de muita gente também. Depois fica falando para te levar ao Fla x Flu.

— Eu não gosto, mas a Bia não liga. Quer dizer, ela nem sabe, porque nunca foi.

— Eu queria ver um jogo do Fluminense. Podia ser até contra o Olaria ou o Bonsucesso, um time pequeno desses.

— Ano que vem, Bia. Ano que vem.

*

NAQUELA MANHÃ, HAVIA menos gente na fila. Não demorou até que chegassem ao corredor principal, onde o funcionário faria sua curta palestra.

Antes que ele se apresentasse, Bia virou-se para os pais e

— Posso mostrar uma coisa?

— Vai começar o passeio, Bia.

— É rapidinho, pai. Logo aqui do lado. Perto do banheiro.

Adolfo, apesar da hesitação inicial, acabou topando, e avançaram pelo corredor.

Antes mesmo do segundo túnel, quis voltar.

— Da outra vez você se perdeu e a gente teve que correr atrás do pessoal. Não quero passar vergonha de novo.

— É rápido, eu juro — disse a garota, firmando a promessa nos dedos em figa.

De pronto levou o pai e a mãe até o buraco.

— Entra aí.

— Tá maluca, Bia?

— Entra.

— Isso é obra, pode ter prego no chão, pode ter bicho, sujeira.

— Eu entrei domingo passado. Vocês vão ter uma surpresa.

O pai vacilou por um instante, mas Rita enfiou a cabeça no buraco.

— Pode vir, Adolfo.

Se ela, que era quase claustrofóbica, estava disposta a entrar, Adolfo não amarelaria.

Ele foi, Bia também.

— Cadê a surpresa?

*

O RESTANTE DA visita foi cumprido como uma ida ao cartório. A mãe não estava interessada no discurso exultante do funcionário. Adolfo pensava na maminha de alcatra que degelava na pia da cozinha, só queria ir embora. Bia se limitava a seguir os dois, a vastidão do Maracanã deserto ecoando a imagem que não se dissolvia: o chão totalmente limpo, uma lâmpada fluorescente, o vão a tomar todo o lugar da parede.

Sauna

O Professor Monteiro sempre gostou de fazer sauna. É relaxante, quebra o estresse, e o suor leva para fora do corpo as impurezas todas, disse, quando tentava convencer a esposa a topar o projeto de construir, no quarto de empregada, uma pequena sauna particular. Conseguiu. Há dois dezembros, o décimo terceiro salário foi todinho empregado na obra.

Dora, a esposa, não curtia sauna. Achava abafado, agoniante. Aos sábados, enquanto o Professor Monteiro suava no vapor, ela jogava buraco com as amigas. Ou via TV.

Titular da cadeira de ciências contábeis havia quase trinta anos, o Professor Monteiro era um dos mais notáveis docentes da universidade. Seu rigor na cobrança da matéria e a discrição no trato com os alunos legaram-lhe o cargo de chefe de departamento. "Merecidíssimo", comentou a esposa.

A pesada carga horária não lhe permitia grandes arroubos de lazer, mas ele não deixava de cumprir um ritual secreto. Toda quarta-feira, aproveitando o tempo livre de uma hora entre duas disciplinas, ia da sede da universidade, em Botafogo, até a Rua Correia Dutra, no Catete, onde fica a Sauna 69.

O professor costumava chegar por volta de duas e meia da tarde, quando o lugar estava bem vazio. Comprava um jornal esportivo na banca em frente ao prédio e, certificando-se de que na rua havia pouco movimento, caminhava ligeiro até a portaria.

"Boa tarde", limitava-se a dizer ao recepcionista ao comprar a entrada, vetando, no desenho da expressão fechada, qualquer conversa extra.

Com a chave do armário à mão, o Professor Monteiro encaminhava-se até o vestiário para tirar a roupa, guardar seus pertences e vestir o roupão atoalhado. Antes de ir para a sauna propriamente dita, ele passava no bar. Um uísque, com gelo. Um só não tem problema porque o álcool sai no suor.

Além do bar e da área da sauna, a 69 tinha jacuzzi, uma sala de TV, espaço para massagens e um quarto sem luz que é chamado de dark room, mas ele nunca esteve nessas dependências. Depois de tomar seu uísque, rumava para a sauna sem falar com ninguém. No corredor, se alguma mão tentava tocá-lo, esquivava-se sem apelar para a violência.

O Professor Monteiro, ao contrário de muitos dos frequentadores da 69, não gostava de ficar nu na sauna. Mantinha o roupão, apesar do calor. Mas gostava de ver os outros sem roupa. Admiro o que é belo, dizia para si mesmo ao sentir tão próximo o cheiro daqueles corpos e perceber o suor ressaltando o contorno dos músculos, serenando os pelos do peito, das pernas.

Embora não se permitisse maiores interações, ele conhecia bem os códigos do lugar. Olhar retribuído é senha para aproximação. Mão sobre o ventre é convite direto. A recusa pode se dar com uma simples virada de rosto.

Essa regra o Professor Monteiro manejava como ninguém. Ele não gostava de viadagem. Sou bem casado, muito bem casado, repetia volta e meia a quem quisesse ouvir.

E a esposa concordava. Nos quase trinta anos de matrimônio, foram poucas as vezes em que os dois não passaram juntos as horas de folga. Talvez por isso naquele sábado o Professor Monteiro estivesse se sentindo tão desnorteado. Dora iria participar de uma excursão a Araruama com as amigas da turma de hidroginástica. Passeio vetado aos maridos.

Ela saiu bem cedo, antes das sete, para não perder o ônibus. Ficou feliz ao perceber que o Professor Monteiro havia preparado um café da manhã especial, fez até omelete. Após se despedir de Dora, ele foi ler o jornal.

Sem a esposa em casa, o dia parecia ter encompridado. As horas não passavam e o Professor Monteiro pensou que seria bom fazer uma sauna. Era sábado, afinal.

Tirou a mesa, lavou as louças do café. Ao retornar à sala, viu o baralho em cima do buffet. Não haveria carteado naquele dia, e o Professor Monteiro se sentiu livre, uma liberdade inédita, cheia de possibilidades. Hoje vou fazer algo diferente, decretou.

Após uma rápida chuveirada, só para refrescar, vestiu camisa de mangas curtas, bermuda e tênis. Já na rua, pegou um táxi. Foi até a Rua Correia Dutra. O jornaleiro, acostumado aos trajes sociais do professor, só o reconheceu quando ele pediu o diário esportivo.

O público da 69 era diferente no sábado. Mais jovem, outros corpos. E o Professor Monteiro estranhou. Mas, aos poucos, foi gostando. Aqueles garotos nunca o tinham visto, tudo se tornara especialmente novo.

Como de hábito, ele logo se dirigiu ao bar. Em vez de uma, três doses de uísque. Não havia aula a ministrar após a sauna, não havia ninguém em casa. Hoje o dia é meu, só meu.

A leve euforia do álcool lhe dera coragem, e o Professor Monteiro decidiu tirar o roupão. Guardou no armário e seguiu, apenas de chinelos de dedo, para a sauna.

Ao se sentar, achou esquisita a quentura do azulejo. Parecia acender alguma coisa dentro dele.

O professor ainda se ajeitava no assento quando notou que um menino, devia ter seus dezenove, vinte anos, acomodou-se no degrau de baixo. Tinha as costas largas, fortes, de quem faz natação, e um desenho tribal tatuado na nuca. Ficou alguns segundos tentando entender o que a imagem representava, aqueles riscos pretos. Inclinou o corpo e, ao se aproximar, seu dedão tocou, sem querer, a parte externa da coxa do garoto.

— Professor Monteiro?

O professor quase escorregou no piso molhado ao se levantar e, num movimento brusco, partir na direção da porta. Nem cogitou passar pelo chuveiro. Foi direto para o vestiário, onde pôs as roupas com o corpo ainda encharcado.

O primeiro táxi que chamou não quis levá-lo nessas condições. Tampouco o segundo. O Professor Monteiro caminhou do Catete ao Flamengo. Já em casa, tirou a roupa ainda úmida e colocou na máquina de lavar, com sabão concentrado e amaciante.

Do armário da cozinha, sacou a garrafa de uísque que ganhara do diretor da universidade no último Natal. Abriu a garrafa. Um. Dois. Três copos. Ligou a pequena sauna da casa, rapidinho estaria quente. Quatro. Cinco. Seis copos. Ele sabia onde a esposa guardava aqueles comprimidos brancos que faziam dormir, a nécessaire ficava na terceira gaveta do banheiro da suíte. O sétimo copo. Estava cansado, muito cansado. E sauna é relaxante, leva para fora todas as impurezas do corpo.

Três apitos

— DEU POSITIVO.

Sempre esperei ouvir essas duas palavras em sequência. Sobretudo nos últimos seis meses, quando vínhamos tentando quase diariamente, hoje a tabela tá boa, goza dentro, não deixa escapar nada, vamos lá.

Eu queria uma menina; ele, menino. Vou ensinar a jogar bola, dizia. Você pode ensinar a Carolina a jogar bola também, retrucava eu. Carolina. Ainda não havia sequer a sombra de uma fecundação e o nome dela já povoava nossas conversas. E se for homem? Pedro. Ou João, como o avô.

Os preparativos para o bebê que chegaria mobilizaram a família. Ou melhor, as famílias. Minha mãe se dispôs a vender a casa de vila que herdara da tia Hermengarda, e que ficava no Lins, para nos ajudar a dar entrada num apartamento próprio. Parte do enxoval ganharíamos da prima Lívia. A filha dela começara a andar, já não usava mais o berço e a maior parte das roupas de recém-nascida. Meu futuro sogro, fascinado com a ideia do primeiro neto, prometia um reembolso mensal que, sabíamos, tinha muito de entusiasmo e quase nada de possibilidade. Paulo preferia jogar no bicho, inventava as mais improváveis conexões para justificar as apostas em nome de uma poupança boa para a vida a dois, a três. O cachorro que cruzou nosso caminho, a galinha à cabidela que um amigo do trabalho cozinhou no fim de semana, o chumaço de algodão a lembrar a lã de carneiro. Se recebia uma senha de espera, um código de acesso, o número logo virava milhar na banca da esquina.

Namorávamos fazia três anos e oito meses. Parecia ter se passado tempo suficiente, entre afinidades e aborrecimentos, para testar a viabilidade da relação. Aos trinta e dois anos, já não acreditava em casais perfeitos. Tinha consciência de que rusgas, idiossincrasias, vacilações fazem parte do pacto amoroso. Tantas vezes me detive observando Paulo sem que ele notasse, os atos mais fortuitos, mais desinteressados, até recortar do plano de fundo a gênese de um pai. O pai de Carolina, de Pedro, de João, de quem Deus de bom grado colocasse em nosso caminho.

O positivo, no entanto, era para HIV.

*

Não esquecer de tomar os três comprimidos.
Não esquecer de tomar os três comprimidos.
Não esquecer de tomar os três comprimidos.

*

A Zidovudina e a Lamivudina você ingere pela manhã, após o café. Na hora do jantar, repete a dose dos dois. O Efavirenz é melhor deixar para a noite, antes de dormir, porque pode causar sonolência, enjoo, às vezes dá até uma onda.

Doutor Jorge fez as recomendações assim que saiu o exame confirmatório, e sugeriu que eu programasse algum dispositivo para me lembrar da medicação. "Tem uns aplicativos de celular que fazem isso bem. O importante é não deixar de tomar os comprimidos. Quando você não toma, o vírus pode começar a criar resistência aos remédios."

O doutor disse também que, seguindo direitinho a prescrição, dificilmente eu teria problemas relacionados ao HIV. Que aquelas imagens de pessoas esqueléticas, quase sem cabelo, eram coisa do passado, porque o tratamento evoluiu muito nas últimas décadas.

"Depois de alguns meses tomando o remédio, sua carga viral vai ficar indetectável, aí a gente vai passar a se ver só de seis em seis meses, para checar os exames gerais, hemograma, glicose, colesterol."

Confesso que achei o discurso edulcorante demais. Aids, eu tenho aids, as palavras giravam em minha cabeça procurando um canto onde pudessem se aquietar, se esconder como o vírus acuado pelo coquetel no interior das células.

"O coquetel não vai curar você, os remédios não conseguem eliminar completamente o HIV do organismo, mas eles impedem que se reproduza e detone suas defesas. Por isso é fundamental tomar todo dia, e nos horários certinhos."

Além de cordial, doutor Jorge era didático. Me explicou o porquê de cada exame solicitado ao laboratório, a importância de manter um CD4 alto — "são linfócitos; quando o CD4 está baixo, significa que a imunidade está baixa", detalhou. Disse que eu deveria zelar por uma vida saudável, com exercícios físicos, boas horas de sono, alimentação legal.

"Toma, aqui estão os pedidos. Você leva em qualquer posto de saúde e retira os medicamentos. Não tem burocracia, e é de graça."

Ao sair do consultório, sentia um misto de alívio e pressa. Se as orientações do doutor Jorge haviam de fato me acalmado, e de repente tinha a impressão de que não, não morreria em dois ou três anos, estava ansiosa em começar o tratamento, em ver a carga viral minguando, o sistema imune se recuperar.

Senti o estômago vazio, não havia tomado café. Sentei-me numa lanchonete, ali mesmo no Largo do Machado, para um salgado e um suco. Enquanto comia, pesquisei rapidamente na internet os aplicativos disponíveis. Baixei o que me pareceu mais promissor. Um apito soaria a cada horário programado. E eu nunca mais desligaria o telefone.

*

NÃO ESQUECER DE tomar os comprimidos.

Não esquecer de tomar os comprimidos.

Não esquecer de tomar os comprimidos.

*

"Impossível precisar quando você se contaminou. Pode ter sido há um ano, há cinco anos, há mais tempo que isso." Doutor Jorge foi enfático.

Por algum tempo, contudo, escrutinei o passado para tentar descobrir quem poderia ter me transmitido o HIV. Namoricos, flertes rápidos, transas de uma noite. A camisinha colocada quando o parceiro já estava muito perto de gozar, preliminares talvez demasiadamente longas. Talvez. Repassei nomes, rostos, à procura de sinais. Mas o vírus não se deixa ver. Age com discrição, soma forças sem alarde. Bolinhas coloridas de War tomando os territórios passo a passo. Uma guerra silenciosa, como no jogo de tabuleiro.

Compreendi que pouco importa de onde veio, por onde veio, se o preservativo furou. O HIV está dentro do meu corpo.

*

Paulo morava na Rua Uruguai, 192, entre a Carvalho Alvim e a Barão de Mesquita. Noventa e dois é urso, repetia sempre. Trabalhava como gerente de um restaurante na Tijuca. Ele costumava ir pessoalmente ao Extra, na Rua Maxwell, fazer as compras dos produtos de cozinha, além de guardanapos, detergente, essas coisas.

Foi assim que nos conhecemos.

Quando passei a nota com o valor total das compras, me devolveu o papel.

"Pode colocar seu telefone no verso?"

Isso aconteceu há três anos, oito meses e cinco dias. Os cinco dias entre o momento em que recebi o resultado do exame e o momento em que dei a notícia a ele.

Foram, todos esses cinco, dias de ensaio. Pensei em cada frase, na exata conjunção de vocábulos com os quais revelaria, cautelosamente, as recentes informações. O HIV, o tratamento, o futuro.

Mas não haveria futuro com Paulo, logo iria descobrir. "De quem você pegou? Devo estar contaminado também. Você é uma puta. É isso, uma puta. Não sei como pude pensar em ter um filho contigo."

Estávamos sentados sobre a mureta da Praia da Urca, imaginei que fosse um lugar mais leve para ter essa conversa. Fiquei lá sozinha depois que ele disse que eu era uma puta e pegou o primeiro táxi que passou pela rua.

*

Não esquecer de tomar o comprimido.

Não esquecer de tomar o comprimido.

Não esquecer de tomar o comprimido.

*

O apito toca às onze da noite. Agora é um só. O avanço científico e a iniciativa do SUS possibilitaram que três medicamentos, um deles novo, fossem reunidos em dose única, o que segundo o doutor Jorge facilita a adesão dos soropositivos.

Soropositivos. Em onze meses, a palavra me soa menos esdrúxula, mais familiar. Ao longo desse período, graças ao aplicativo, só deixei de cumprir a dose diária uma vez. Estava cansada demais — e, vá lá, bêbada —, de modo que o sinal ecoou até a bateria descarregar, sem que eu acordasse.

"Uma vez não tem problema", me acalmou o doutor Jorge quando telefonei para ele, aflita.

Sempre que escuto o apito do aplicativo, lembro do Paulo. Não, ele não tem HIV, como soube pouco depois daquela tarde na Urca. Acho que fez questão que a notícia chegasse até mim, para reiterar que sim, eu sou uma puta. Uma puta aidética. Ele, não.

Ainda assim o som do celular avisando do remédio se confunde com a imagem do rosto bem barbeado, as entradas no cabelo a prenunciar a futura calvície. Se o exame positivo foi uma gravidez às avessas, o toque agudo às onze da noite aciona a reprise daquela cena na Urca, é um reclame do nosso fracasso.

Por mais que eu tenha virado noites tentando baixar o fogo do assombro, buscando rever as fotos do corpo saudável dos momentos de antes, ruminando a presença do vírus, seu cheiro acre no lençol suado, isso não chegou a afetar meu emprego. Consegui modular o alarme, manter a compostura. No Extra, ninguém desconfiou. Trabalhar lá me fazia bem. Quando de manhã cedo pegava no serviço e via as colossais paredes de pedra, os janelões demarcados em branco sobre a murada cinza, a chaminé da fábrica de tecidos que funcionou ali muitos anos antes do supermercado, me dava uma sensação boa, de firmeza, solidez. A impressão de que, embora diferentes, algumas coisas continuam. Como aquela chaminé cor de ferrugem há tanto tempo desativada. A gente consegue enxergar do bairro todo.

*

As PAREDES, os lençóis, a mesinha de cabeceira, apenas o branco sobre o branco, sobre o branco, uma placidez enjoativa. O cheiro de éter, que a lavanda dos lençóis não chega a disfarçar, toma conta de tudo. No mais, há um balão de oxigênio e o aparelho de TV, preso à parede, bem no alto.

O braço dói na altura da dobra, o lado contrário do cotovelo. Ao esticá-lo, percebo o roxo das veias que formam um desenho abstrato. A TV não tem som. O único barulho que ouço é o da porta se abrindo, o ruído da parte inferior da madeira arrastando no chão, rangendo.

O homem de jaleco branco, novamente o branco, entra no quarto e me dá bom-dia. A voz é do doutor Jorge, mas quando ele se vira é o rosto do Paulo que vislumbro. Como está se sentindo hoje?, o doutor pergunta. A desconexão entre rosto e fala faz lembrar uma dublagem malfeita.

Como está se sentindo hoje?, ele insiste.

Organizo a resposta, mas a frase não sai. O cérebro envia o comando, as letras todas perfeitamente organizadas, e contudo elas não se transformam em fonemas passíveis de entendimento.

Doutor Jorge, Paulo, não se abala. Prepara uma injeção e se aproxima ainda mais. Tento recolher o braço, quero saber o que é aquilo que pretende introjetar no meu corpo, o braço tampouco responde. Ele espeta a agulha.

*

ACORDO.

Desde que comecei a tomar o coquetel, os sonhos se tornaram mais vívidos. Doutor Jorge me disse que é efeito colateral de um dos medicamentos. Que tive até sorte de não sofrer com tonteiras, náusea, dor no estômago.

Doutor Jorge me contou também que, se eu quiser, posso ter um filho. "Quando o paciente é homem, a gente usa uma técnica de lavagem do esperma que praticamente garante a soronegatividade. Quando é mulher, como você, a gente pode administrar a introdução do esperma por meio de uma seringa, ou optar pelo método natural. Com o uso correto da medicação, o risco de transmissão para o bebê é próximo de zero. Caso deseje levar isso à frente, eu indico um especialista."

Agradeci.

No preciso instante em que o Paulo entrou no táxi, arquivei a ideia da maternidade. Mais do que isso, a própria ideia do amor. Contar ou não contar, se for apenas uma noite de sexo com preservativo? E se a coisa engrenar? Quão complicado seria ter que explicar que, sim, tenho HIV, mas a quantidade de vírus não é suficiente para contaminar alguém? Ainda não existe coquetel para o medo. Melhor esperar a cura.

Enquanto isso, estudar. Sempre gostei mesmo de ler. Biografias, romances. As meninas no Extra adoram me sacanear por causa disso, me chamam de Professora. Fiz um acordo com o Guilherme, chefe do RH, e ele passou a me deixar sair mais cedo para as aulas. A jornada dupla não é mole, preciso chegar cedíssimo ao mercado para compensar as horas, e a faculdade vai até quase onze da noite.

O Paulo nunca simpatizou com o Guilherme. Dizia que meu chefe é grosso, impertinente. Mas acho que não passa de ciúmes.

Se não fosse, por que o Guilherme nunca teria tentado nada comigo depois que o Paulo parou de aparecer no Extra? Sim. Desde nossa conversa na mureta, ele nunca mais fez compras lá.

*

NÃO ESQUECER.

Não esquecer.

Não esquecer.

*

NO MÊS PASSADO, Guilherme recebeu uma proposta de um supermercado concorrente, o Guanabara. Salário maior, benefícios.

"Pretendo levar pelo menos três funcionárias daqui. Pessoas da minha confiança. Você quer ir?"

Perguntei se o acordo quanto ao horário continuaria de pé, ele disse que sim, que eu poderia continuar a faculdade, e com um aumento.

Nem cumpri o aviso prévio. A proposta foi feita na quinta, já na segunda eu comecei no novo emprego.

O Guanabara fica perto do Extra, também na Rua Maxwell. É um mercado igualmente grande. Meu serviço não mudou muito, me revezo entre a caixa normal e a exclusiva para doze itens, que requer mais agilidade. Tenho bastante prática nesse ofício.

Naquela quarta-feira, estava trabalhando na caixa normal. Era véspera de feriado, a loja lotada, a multidão aproveitava para fazer compras de mês.

Eu havia acabado de voltar do intervalo, começava a engrenar no ritmo costumeiro quando ouvi "Amor, você pegou o queijo prato?".

A voz do Paulo.

Ele deixara a barba crescer, talvez para compensar os cabelos mais ralos. Era o próximo da fila. Falava com uma menina ruiva de vestido rendado e faixa no cabelo. Ela devia ter uns vinte anos de idade. Na altura do baixo-ventre, a barriga marcava o vestido.

"Peguei, tá no carrinho."

Notei que não me viu nos demorados minutos que levei para registrar as compras da senhora da frente. Na vez dele, deixou a ruiva colocar cada um dos artigos na esteira. Pegava no carrinho e entregava a ela, que pousava sobre o caixa. Às vezes, nesse movimento, as mãos dos dois se tocavam.

"Boa tarde", eu disse, ele virou rapidamente a cabeça, com expressão de surpresa. Me encarou por um segundo, dissipado na resposta educada.

"Boa tarde."

Nada mais falou, nem eu. Passei os códigos dos produtos na máquina de leitura com a maior velocidade possível. No saco plástico com as maçãs, e na peça de carne, a etiqueta mal impressa me obrigou a digitar cada número. Oito, eu lia. Oito, redesenhava na mente. Oito, digitava na registradora. Com o máximo cuidado para não errar.

"Total de quatrocentos e trinta e nove, redondos."

Reconheci o cartão, era o mesmo de antes.

"Crédito ou débito, senhor?"

"Débito."

Entreguei a ele o comprovante, firmando na memória a sucessão de algarismos. Quatro, três, nove.

"Boa tarde", ele repetiu. E foram embora.

Tentei não pensar no assunto nas horas que se seguiram. Me concentrar no trabalho, no redemoinho de gente e carrinhos de compras.

À noite, já em casa, aproveitei o recesso na faculdade para descansar. Fui acordada pelo apito do telefone. Minha porção diária de vida ressoando a doença incurável, ao menos por ora. Enquanto engolia o comprimido com a ajuda de um copo de água morna, lembrei mais uma vez do Paulo, agora a moça ao lado, o cabelo ruivo, o vestido florido que em breve não caberia mais. Quatro, três, nove. Redondos. Com o zero à frente, até que dá uma milhar bonita. Vou tentar a sorte.

Dezembros

1

Tenho dez anos e adoro o vovô.

É ele quem me traz para a escola, porque o papai trabalha e a mamãe tem que cuidar da Emília. A gente sai às seis e meia da nossa casa, ali na Travessa do Liceu, e vem pela Rua Sacadura Cabral, onde tem uma lanchonete muito boa. Peço joelho com caldo de cana, ele come pão com manteiga e toma café preto num copinho de vidro. Sempre nesse copinho. Se o moço coloca o café na xícara, ele reclama. Reclama sem falar, só mexendo a cabeça. Porque vovô não fala. Depois eu explico isso.

O joelho com caldo de cana é minha coisa preferida no caminho. A segunda é olhar os carros no estacionamento que fica já quase chegando na rua da escola. Aqueles carros todos, cada um mais bonito que o outro. Mas o vovô não gosta. Ele fica de cara feia. O papai disse que é porque no tempo do vovô os carros eram muito melhores, não amassavam à toa. Às vezes, em casa, o vovô me mostra a foto de um carro azul. O nome é Aero Willys, com W e Y. O papai falou que era um carro chique.

Agora vou contar por que vovô não fala. A mamãe explicou que ele falava, e de repente parou. Nunca vi, deve ter sido antes de eu nascer. Mas ele não é mudo, não. Ele canta, só não fala. Mas a voz está lá.

Já até decorei algumas músicas, porque são sempre as mesmas. Minha mãe me disse que são músicas da Rádio Nacional. Que fizeram muito sucesso, todo mundo conhecia. E que a Rádio Nacional ficava do lado lá de casa. Eu acho que ele era cantor.

Um dia pedi para o vovô me levar no prédio onde era a rádio, mas ele não quis.

E eu não ligo porque o vovô não fala. Ele me ensinou a chutar a bola para o gol, a fazer gaivota que voa de verdade e que não pode mexer na tomada sem botar o chinelo de borracha. Tem dias em que não quer brincar, e passa a tarde ouvindo uns discos velhos. Eu fico no quarto com ele. Ele cantando e eu fazendo meus desenhos com lápis de cor. Depois, mostro para ele. Só para ele.

Quando é meu aniversário, o vovô me leva no McDonald's da Rio Branco. Eu fico feliz. Como meu aniversário cai na semana do Natal, as árvores estão todas enfeitadas com luzes nos troncos, a gente vê aquela rua cheia de pessoas passando. Mais para o fim do ano, a gente sai do começo da Rio Branco e vai até a Cinelândia para ver o papel picado caindo dos prédios, como se fosse neve.

A gente gosta também de ver televisão. Sabe aqueles programas que têm concurso de calouro? Pois é, a gente gosta desses. Eu torço para um calouro e o vovô torce para outro. É um jogo nosso. Ele fica bravo quando o dele perde.

Pensando bem, eu passo mais tempo com o vovô do que com o papai e a mamãe. E a gente nunca briga. Não sei se é porque ele não fala, mas a gente nunca briga. Então, eu acho que o vovô é legal.

2

Tenho dezessete anos e odeio meu avô.

Relendo a redação que escrevi quando mais novo, vejo como eu era idiota. Ainda estudava na escola Vicente Licínio Cardoso, que existe até hoje. A professora era a Tia Tânia, que marcou meus erros em vermelho, reconstruiu frases, mexeu bem mesmo. Se eu tivesse feito assim, ia ganhar 10, e não 7. A Tia Tânia — tia, não, Tânia, não tenho mais idade para chamar professora de tia — pediu que a turma preparasse uma redação sobre o nosso avô. Quem não tivesse avô podia escolher um tio mais velho, ou alguém que achasse que parecesse ser avô.

Eu tinha avô e achava ele legal. Não consigo entender como, porque é um mico ambulante. Só fala cantando, ninguém leva a sério. As pessoas debocham na rua. Tenho vergonha de sair de casa com ele.

Meu avô é cheio de manias. Ouvir disco, em vez de simplesmente baixar as músicas. E só música de velho. Os cantores parecem que vão morrer de tanto sofrimento, e berram. O avô berra junto, deve achar que ainda é cantor e que o quarto dele é a Rádio Nacional.

Quando mudei de colégio, pedi para que parasse de ir comigo de manhã. Ele ainda chegou a ir por uma ou duas semanas. Bastava chegar na porta da escola, todo mundo me zoava, porque eu já tinha passado da idade de ir sozinho. E o pior é que o meu avô não sabe combinar a roupa. Usa short com sapato e meias. E coloca a camisa social para dentro do short. Ridículo.

Ele então passou a levar a Emília para o colégio dela, o mesmo onde eu estudei.

Meu avô não entende que eu não sou mais criança. Não tenho saco para ficar chutando bola na parede e já estou cansado de saber que se encostar o dedo na tomada sem estar com sandália de borracha blá--blá-blá-blá.

Quando eu saio, ele enche minha paciência. Uma noite dessas foi me buscar na porta do Cabaret Kalesa. Eu nem ia entrar, porque só entra maior de dezoito. Só marquei com o pessoal de ficarmos na porta, olhando aquele povo esquisito que frequenta. Zoando. Daí meu avô apareceu lá e quis me levar para casa. Ninguém perdoou. Até hoje ficam me chamando de netinho do vovô.

Às vezes fico com pena dele e topo fazer algo. Ir ao McDonald's da Rio Branco, por exemplo. Mas eu confesso que é chato. Ele não fala nada, eu não tenho nada para falar com ele e ficamos os dois, em silêncio, engolindo um milk-shake e mastigando nossos hambúrgueres.

Se eu quero ir pescar com a galera na Perimetral, tenho que fazer escondido. Porque basta ele desconfiar que fofoca para o meu pai, que vai me chamar e dizer que o viaduto é perigoso, que eu posso cair lá de cima e que peixe de água poluída não presta.

Assim como não prestam as boates daqui da vizinhança. Cuidado, ali só tem coisa ruim, diz o pai. Quando seu avô era novo, não era assim. Agora é só degradação.

O pai contou que a gente foi morar ali por causa do trabalho do meu avô. Como ele largava tarde na rádio, precisava morar perto. Depois de muitos anos pagando aluguel, quando os preços por aqui caíram, comprou o nosso apartamento pela Caixa Econômica. Foram trinta anos pagando, o pai repete toda vez que volta ao assunto. Saco.

Essa área era muito diferente, vivia cheia de artista. Orlando Silva, Francisco Alves, Marlene, Linda Batista.

O nome da sua irmã foi uma homenagem à Emilinha, de quem seu avô gostava muito, falou o pai.

Eu não conheço esses cantores. Nem eu, nem ninguém da galera. Só sei que aqui eles não moram. Acho que só sobrou o meu avô.

3

Tenho vinte e cinco anos e não tenho mais avô.

Agora, o quarto que ele ocupava é o meu. Vendi os discos velhos na feira da Praça XV, troquei os móveis e mudei a cor da parede. Pretendia mexer logo também no piso, mas o dinheiro não deu. A única coisa que ficou foram meus desenhos. Aqueles desenhos que eu fazia com lápis de cor enquanto meu avô cantava, e que ele conservou.

Foi uma das descobertas sobre meu avô. Outras vieram porque assisti à minissérie *Dalva e Herivelto*, que passou na Globo. A Dalva de Oliveira e o Herivelto Martins fizeram sucesso na Rádio Nacional, como aqueles artistas de quem meu pai fala.

Vendo a minissérie, reconheci algumas das músicas que meu avô se habituara a cantar.

"Caminhemos", que eu chamava de "Não, eu não posso lembrar que te amei". A que cita a Ave-Maria e me faz lembrar o Mosteiro de São Bento. Aquela outra que diz que o peixe é pro fundo das redes, uma imagem que eu achava engraçada. E "Cabelos brancos", que ele cantava apontando para os próprios cabelos. Quando ele fazia isso, eu ria.

Por causa da minissérie, quis descobrir de que programa meu avô participava na época da Nacional. Pela primeira vez, entrei no edifício onde ficava a rádio. Dá de costas para a nossa casa. Quase todos os andares são ocupados hoje por um órgão chamado Instituto Nacional da Propriedade Industrial. A rádio ainda existe e continua lá, mas restrita a uns poucos pavimentos. Soube, pelo funcionário da recepção, que o prédio foi planejado por um francês, construído em 1929, tem estilo art déco e é uma referência para a arquitetura. Sobre meu avô, nada.

Virou uma obsessão. Passei a sair do banco às quatro da tarde e me enfurnar na Biblioteca Nacional para ler as publicações das décadas de 40 e de 50. Chequei livros, jornais, as edições da *Revista do Rádio*. Nenhuma linha com o nome do meu avô.

Minha mãe e meu pai se recusavam a dar mais esclarecimentos. Limitavam-se a dizer que, sim, ele trabalhou na Rádio Nacional, e que morávamos na Travessa do Liceu por causa disso.

Nos documentos do inventário, poucos, também não havia o que pudesse ajudar. Um cartão do Dancing Eldorado. Antigas cédulas de identidade. Recibos da aposentadoria. Nenhuma referência à rádio.

Entre os vizinhos, quase todos sabiam que o avô trabalhara lá, mas não exatamente o que fazia. Seu avô sempre foi discreto, diziam, e depois se calou, fechado em si.

Já tinha quase desistido quando enfim consegui, com o décimo terceiro, juntar a grana necessária para instalar o piso de porcelanato no quarto. Era a última semana de dezembro, um sábado à tarde. Eu desfazia a mesa do almoço e o pedreiro que retirava os tacos de madeira me chamou. Sob um dos tacos, havia um papel envolto em saco plástico. Ele me entregou.

Retornei à cozinha e retirei o plástico.

"Inscrição 576
— Domingos Santana da Silva —
Ajudante de cozinha."

Era o crachá do meu avô na Rádio Nacional.

Pus o papel de volta no plástico. Como o quarto estava em reforma, guardei em uma das gavetas do armário da sala.

Vou até a rua, avisei ao pedreiro, já volto. Parti rumo ao McDonald's.

Desci as escadas da travessa, à minha esquerda os fundos do prédio da rádio, e imaginei meu avô, aceso de alegria, passando o café para os artistas, preparando com capricho um misto-quente, um suco. Meu avô, que foi cantor e trabalhou na Rádio Nacional.

Após cruzar a Rua do Acre, entrei no McDonald's, pedi um milk-shake. Não precisa do troco, é seu.

Já na esquina, virei à direita. A Rio Branco era um longo tapete pálido. E, com o copo preso entre os dedos, comecei a caminhar rumo à Cinelândia, devagar, bem devagar, sob o sol já quase dormente, sentindo os filetes de papel que desciam dos edifícios tocarem levemente os meus ombros antes de chegarem ao chão.

Agradecimentos

À minha companheira Juliana Krapp e
aos amigos Alberto Mussa, Fernando Molica,
Flávio Izhaki e Henrique Rodrigues, pela leitura e
pelas conversas sobre os contos deste livro.

Ao dr. Estevão Portela Nunes, pelas informações
médicas usadas no conto "Três apitos".

Este livro foi composto na tipologia Minion Pro
Regular, em corpo 12,5/18, e impresso em
papel off-white no Sistema Cameron da
Divisão Gráfica da Distribuidora Record.